A^tV

NETTY REILING wurde 1900 in Mainz geboren. (Den Namen ANNA SEGHERS führte sie als Schriftstellerin ab 1928.) 1920–1924 Studium in Heidelberg und Köln: Kunst- und Kulturgeschichte, Geschichte und Sinologie. Erste Veröffentlichung 1924: »Die Toten auf der Insel Djal«. 1925 Heirat mit dem Ungarn Laszlo Radvanyi. Umzug nach Berlin. 1928 Kleist-Preis; Eintritt in die KPD und in den Bund proletarisch-revolutionärer Schriftsteller. 1933 Flucht über die Schweiz nach Paris, 1940 in den unbesetzten Teil Frankreichs. 1941 Flucht der Familie auf einem Dampfer von Marseille nach Mexiko. Dort Präsidentin des Heinrich-Heine-Klubs. Mitarbeit an der Zeitschrift »Freies Deutschland«. 1943 schwerer Verkehrsunfall. 1947 Rückkehr nach Berlin. Georg-Büchner-Preis. 1950 Mitglied des Weltfriedensrates. Von 1952 bis 1978 Vorsitzende des Schriftstellerverbandes der DDR. Ehrenbürgerin von Berlin und Mainz. 1978 Ehrenpräsidentin des Schriftstellerverbandes der DDR. 1983 in Berlin gestorben.

Neben einem umfangreichen Erzählwerk und zahlreichen Essays entstanden die Romane: Die Gefährten (1932); Der Kopflohn (1933); Der Weg durch den Februar (1935); Die Rettung (1937); Das siebte Kreuz (1942); Transit (1944); Die Toten bleiben jung (1949); Die Entscheidung (1959); Das Vertrauen (1968).

Als die Soldaten sich zurückzogen, Andreas auf der Flucht erschossen wurde und Hull, der Fremde von der anderen Insel, gefangengenommen war, sah St. Barbara aus wie in jedem Sommer. Die Ruhe war wieder hergestellt. Anna Seghers gestaltete ihre berühmte Erzählung als große Parabel einer Niederlage, aus der die Hoffnung wächst.

Für »Aufstand der Fischer von St. Barbara«, 1928 als erste Buchveröffentlichung von Anna Seghers erschienen, und für die Erzählung »Grubetsch« erhielt die Autorin den hochangesehenen Kleistpreis. Hans Henny Jahn zur Begründung: »Bei großer Klarheit und Einfachheit der Satz- und Wortprägung findet sich in den beiden Novellen ein mitschwingender Unterton sinnlicher Vieldeutigkeit, der den Ablauf des Geschehens zu einer spannenden Handlung macht.«

Anna Seghers

Aufstand der Fischer von St. Barbara

Erzählung

Aufbau Taschenbuch Verlag

Mit einem Nachwort von Sonja Hilziger

ISBN 3-7466-5150-6

2. Auflage 2000
Aufbau Taschenbuch Verlag GmbH, Berlin
© Aufbau-Verlag GmbH, Berlin 1951
Umschlaggestaltung Torsten Lemme unter Verwendung
des Gemäldes »Landschaft bei Hammamet«, 1914
von August Macke
Satz LVD GmbH, Berlin
Druck Elsnerdruck GmbH, Berlin
Printed in Germany

www.aufbau-taschenbuch.de

I

Der Aufstand der Fischer von St. Barbara endete mit der verspäteten Ausfahrt zu den Bedingungen der vergangenen vier Jahre. Man kann sagen, daß der Aufstand eigentlich schon zu Ende war, bevor Hull nach Port Sebastian eingeliefert wurde und Andreas auf der Flucht durch die Klippen umkam. Der Präfekt reiste ab, nachdem er in die Hauptstadt berichtet hatte, daß die Ruhe an der Bucht wiederhergestellt sei. St. Barbara sah jetzt wirklich aus, wie es jeden Sommer aussah. Aber längst, nachdem die Soldaten zurückgezogen, die Fischer auf der See waren, saß der Aufstand noch auf dem leeren, weißen, sommerlich kahlen Marktplatz und dachte ruhig an die Seinigen, die er geboren, aufgezogen, gepflegt und behütet hatte für das, was für sie am besten war.

Frühmorgens, Anfang Oktober, fuhr Hull auf dem kleinen, rostigen Küstendampfer nach St. Barbara. Er kam von der Margareteninsel. Nach dem Aufstand von Port Sebastian hatte er dort den Sommer über auf der Bank einer Hafenkneipe herumgelungert. Er hatte seinen Fuß ausgeheilt, der, wie es im Steckbrief hieß, infolge eines Schusses hinkte.

Der Regen stand in der Luft. Ein Koppel Hämmel, eingesperrt neben dem Maschinenraum, blökte. Der Geruch der Salzluft, der Tiere und des Maschinenöls vermischte sich zu dem einen süßen Geruch der

Überfahrt. Hull verfolgte über dem Geländer die weiße Narbe, die das Schiff dem Meere riß, die wieder heilte und wieder riß und wieder heilte und wieder riß. Da kam ihm der Gedanke, er müsse sich das alles genau merken, nicht nur die Narbe, auch die Knöpfe an der Weste des Kapitäns, auch die Vögel in der Luft, auch den Geruch, alles, überhaupt alles. Neben ihm, außer den Tieren der einzige Passagier, hing ein Mädchen über dem Geländer. Sie döste zwischen ihren schwarzen Zotteln ins Wasser.

Hatte er nicht ihr gelbes Halstuch öfters auf dem Strand der Margareteninsel zwischen den Schiffern und Soldaten herumflitschen sehen? Jetzt brachte sie zurück in das heimatliche Dorf ihren mageren, von den Fäusten der Matrosen ausgepreßten Körper, deren Liebe nicht einmal ausgereicht hatte, um Armbänder an ihre braunen, grätendürren Arme zu ziehen. Er bekam plötzlich Lust auf sie. Wenigstens ihre Brust mußte er berührt haben, bevor der Streifen da hinten zu Land wurde. Aber das Mädchen schwenkte um ihn herum, legte sich über den Maschinenraum und rief dem Heizer etwas zu. Hull ging an das andere Ende des Dampfers. Sein Herz erfüllte sich mit Enttäuschung, als ob ihn wunder was für ein Mädchen im Stich gelassen hätte. Er sah wieder ins Wasser. Wieder bekam er eine Gier, sich alles genau zu merken. Auf einmal dachte er, daß das alles, seine unsinnige Lust nach diesem häßlichen, dürren Mädchen, seine Gier, sich alles genau zu merken, nichts andres als die Todesangst selbst war, von der er manchmal hatte sprechen hören.

Es wurde Mittag. Er erschrak. Der braune Streifen war nicht mehr irgendeine Ferne, er war schon Land. Das war das Kreisrund Küste aus dem Feldstecher, die Steinhaufen von Hütten die Klippen entlang, die Maste stachen in die lebendige Luft, langsam schiebt sich der Riegel der Mole von der schmalen tiefeingefressenen Bucht.

Es konnte trotzdem noch etwas dazwischenkommen, der Dampfer konnte noch umkehren, die Küste wieder zurücktreten. Da schrie der Dampfer, die Küste kam mit einem Ruck näher. Dann war es wieder still, graue, schläfrige Fahrt. Dann hüpfte die Schiffsglocke. Auf dem Landungssteg im Regen kauerten zwei Einheimische. Das Seil flog. Das Mädchen beugte sich tief hinunter.

»He, Marie, bist auch nicht fetter geworden!« – »Was an dir schon dran ist!« Der eine lachte, der andre, ein ganz junger, drehte den Kopf und betrachtete das Mädchen mit zugekniffenen Augen. Dann stutzte er. Er bemerkte Hull. Einen Augenblick gab es in seinem braunen gleichmütigen Gesicht beim Anblick des Fremden einen Ausdruck von Neugierde, Hoffnung und ein wenig Hochmut.

Der Wirt wischte mit dem Ärmel den Tisch ab und stellte Glas und Flasche darauf mit einem haßerfüllten Blick auf diesen auswärtigen Gast, der teuren Branntwein bestellte in einem Jahr, in dem seine Landsleute nicht Fische genug gefangen hatten, um Brot bis zum nächsten Fang zu backen. Hull füllte das Glas und bot es seinem Gegenüber nach der Landessitte an. Der Schiffer Kedennek von der »Veronika« berührte den Rand mit seinen vor Stolz ganz dünn zusammengepreßten Lippen und stellte es wortlos ab.

Der Tisch, an dem sie tranken, stand gegen das Fenster der Schenke. Es war Nachmittag. Oktober.

Dumpf und unbeweglich, bleigrau und regenschwer starrten Himmel und Erde gegeneinander, wie die Platten einer ungeheuren hydraulischen Presse. Es war kalt, keine scharfe, sondern eine langsam wirkende Kälte, die alle Dinge durchbeizte, den Schenktisch, die Flaschen auf den Wandbrettern, die eingefrorene Spieluhr. Nebeneinander an der Wand saßen die Schiffer, aufrecht, die Hände auf den Knien. Da sie nicht tranken, waren sie offenbar gekommen, um miteinander zu schweigen. Ihre unbewegten Gesichter hatten die Mienen von Menschen, die es zwecklos finden, Worte zu wechseln, da der Sturm doch jedes Wort übertönt.

Hull fiel es auf einmal schwer aufs Herz, daß er gekommen war. Es gab auf der Welt viele warme lustige Winkel, alle standen ihm offen, warum war er nicht abgefahren, warum saß er hier?

Hinter dem Fenster senkte sich der Himmel in schwerem Regen erdrückend auf das Meer. Der Abend brach an, unerwartet, unbeachtet, etwas grauer als der Tag. Wie der Zeigefinger einer ausgestreckten Hand, so fuhr das Leuchtfeuer der Margareteninsel um das Kreisrund an Erde und Himmel, das ihm gehörte, in einer kurzen Atempause zuerst, dann in zwei langen. Irgendwo, weit hinten, schluchzte ein Dampfer wie ein Kind, das seine Mutter im Dunkeln wiedererkennt.

Der Wirt kletterte auf den Schenktisch und zündete Licht an. Die Männer regten sich nicht. Das Licht der Lampe, das die Menschen weicher macht und ineinander schmilzt, ließ nicht einmal ihre Wimpern blinzeln.

Hull drehte den Kopf nach dem Fenster. Aber hinter dem Fenster gab es gar nichts. Es war jetzt vollkommen dunkel. Nur der Regen zog seine Streifen quer über das angelaufene Glas. Hull fiel plötzlich ein Schenkfenster ein an irgendeinem Hafen weit drunten. Das Glas war schmierig, hinter dem Glas lagen Melonen aufgeschüttet, eine war angeschnitten, der Saft war in Zuckerperlen erstarrt, auf der Scheibe tanzten die Mücken. Die Gasse war eng, die Häuser dicht, trotzdem war die helle Hitze so scharf, sie fraß einem die Schädeldecke vom Kopf, Hull sah immerfort auf die Melone. Die Scheibe war so frisch, so saftig und triefend, daß er gierig auf sie wurde, trotz Schmiere und Mücken. – Manchmal war die Tür aufgegangen, dann hatte er ein paar dünne, kleine Töne gehört, auf einem Instrument aus Holz, das war so eine verfluchte schwarze Melodie, die kein Weißer herauskriegte.

Schweigen. In beständigen Abständen zog das Leuchtfeuer seine Kreise, streifte die dunkle Wand, die Gesichter im Schatten. In seinem Arm träumte die Kneipe zu schwimmen, mit allem, was darin war, weit draußen in der Dunkelheit wie andre Schiffe in Seenot. Die Schiffer starrten vor sich hin. Vielleicht dachten sie an gar nichts, vielleicht an etwas ganz Besonderes.

Wenn sie mich finden und fangen, dachte Hull, werde ich nie mehr andre Kameraden als die da haben, ich werde nie mehr in einer andren Schenke sitzen, nie mehr so dünne kleine Töne, nie mehr solche Melonen bekommen.

Er hatte aufs Gratewohl bestellt. Jetzt wurde er wild, trank drei, vier nacheinander. Die Fischer betrachteten ihn unverhohlen und gleichmütig. Mochten sie ihn betrachten. Sein zugeschnürter Hals lockerte sich, langsam kam das Warme in seine Lippen, seine Kehle, sein Herz witterte schon was, gleich mußte es darin sein, seine Brust war schon warm, jetzt war es dicht daran, er sprang auf.

Wie einfach war alles. Er konnte auch jetzt noch weggehen. Niemand hatte ihn erkannt. Kein Mensch wußte noch, daß er Hull aus Sebastian war. Wenn sie es nachher erfuhren, dachten sie vielleicht, das sei eine Schande. Vielleicht war es auch wirklich eine Schande. Aber der Dampfer, der ihn hergebracht hatte, brachte ihn am Morgen wieder zurück. Von der Margareteninsel aus gingen jeden Tag ein Dutzend Dampfer nach allen möglichen Häfen. Gewiß war es eine Schande. Aber drüben würde die Sonne die Schande zusammenschmelzen. Wie einfach war alles! Er sprang auf, warf ein Geldstück hin, rannte hinaus, schlug die Tür zu. Er rannte die Höhe hinunter über den Landungssteg, verkroch sich in der Kajüte, erwartete verzweifelt die Schiffsglocke. Endlich fuhren sie. Er ging hinauf. Da lag St. Barbara, genauso unheimlich schnell, wie es gestern größer und größer geworden war, wurde es jetzt kleiner und kleiner.

Hull fuhr zusammen. Das Glas vor ihm auf dem Tisch war leer, ein Kreisrund Hauch daran, sonst war nichts. Er hatte jetzt die Hände auf den Knien wie die andren. Er sah sich um, er fing an, ihre Gesichter zu unterscheiden und sich einzeln einzuprägen.

Der Wirt, der über dem Schenktisch döste, spitzte auf einmal die Ohren. Dann lief er hinaus. In der Stube regte es sich. Einer kratzte sich, der andre wippte den Fuß. Sie horchten. Draußen gab es eine heisere Stimme, Tritte und Knurren. Das Mädchen vom Dampfer kam herein. Sie war durchnäßt und glatt wie eine Maus aus einer Pfütze. Ihre Glieder, ihr Bündel, ihre Röcke, alles tropfte. Sie lief, ihr verheultes Gesicht der Wand zugekehrt, quer durch das Zimmer. Sie lief auf die Treppe, drehte sich noch mal zurück und drückte mit einer freien Hand die Spieluhr an.

Einer sagte: »Desak, das is mal ein Empfang!« – Der Wirt sagte: »Sie ist schon am Morgen gekommen, sie soll sich nicht drunten rumtreiben. Wer was von ihr will, soll raufkommen.«

Jetzt ging die Tür öfters. Sie kamen mit weichen, gespreizten Schritten, wie auf dem Wasser. Wenn einer was bestellte, erhob sich der Wirt widerwillig, schenkte verdrießlich ein und rollte sich wieder über dem Tisch zusammen. Nach einer Weile kam das Mädchen herunter. Sie hatte sich geputzt, aber sie sah verfroren aus mit ihrem bloßen Hals, der dürr wie eine Gräte war. Ihre schwarzen Zotteln waren noch immer naß. Hull dachte, was alle dachten, er möchte sie packen, mit ihr schlafen, die scharfen Kanten ihres Körpers gegen sich fühlen. Sie lief hinter ihm vorbei, machte sich was hinter seinem Rücken zu schaffen. Er mochte sich nicht rumdrehen. Er hörte: »Los, Marie!« rufen, Marie pfiff, ihre Absätze klapperten. Hull gegenüber saß ein junger Bursche, er kam ihm bekannt vor, der betrachtete über Hulls Schulter unverwandt das Mädchen, die Begierde machte sein junges, braunes Gesicht noch jünger und schöner. Marie fing an zu singen, jetzt drehten sich alle herum:

»Auf dem alten Hauptmann Kedel seiner Frau
 ihrem Hintern,
Da geht wirklich drauf ein ganzes Schock,
Der Graf Vaubert und seine Söhne überwintern

In dem Hauptmann Kedel seiner Frau ihrem Unterrock.
Und die allerliebsten Herren von Godek
Und der junge Bredel aus Sebastian,
Und der alte Herr Bredel kommt manchmal auch
noch dran,
Und für den Herrn Hauptmann selbst bleibt auch
noch oft ein Fleck.«

Der Junge, der Hull gegenüber saß, lehnte seinen Kopf an Kedenneks Schulter und lächelte. Marie verschränkte die Arme hinter dem Kopf. Aus ihren spitzen Ellenbogen, aus allen Ecken und Kanten ihres Körpers, wie aus den Kanten eines angeschlagenen Steines, spritzten kleine Fünkchen ab. Sie sang weiter:

»Die Alessia, als sie einfuhr in Sebastian – «

Der Junge, Hull gegenüber, beugte sich mit aufgerissenen Augen über den Tisch. Er sah aber nicht mehr über Hulls Schulter, sondern Hull ins Gesicht. Unwillkürlich sahen auch die, die rechts und links von ihm saßen, auf denselben Fleck. Dann sahen alle hin. Hull wurde unruhig. Er zog sich zusammen, sah vor sich hin auf den Tisch. Ihre Blicke wurden starr und zornig, verlangten von seinem Gesicht, sich aufzurichten, so auszusehen, wie sie erwarteten. Hull erhob sich plötzlich, um zu erklären, wer er sei. Der Junge atmete tief auf und lehnte sich wieder zurück. Sein Blick war immer noch auf Hulls Mund gerichtet.

Hull hatte ihn wirklich schon einmal gesehen, am Morgen auf dem Landungssteg.

Gerade hatte Hull zu sprechen angefangen, da flüsterte Kedennek dem Jungen etwas zu, der runzelte die Stirn und ging widerwillig hinaus. Auf der Schwelle zögerte er noch einmal, in der Hoffnung, zurückgerufen zu werden. Dann rannte er ein Stück die Höhe hinunter und bog auf den schmalen, nur von Einheimischen benutzten Weg zwischen den Klippen. Hinter seinen Schritten gähnte das Meer in der Dunkelheit, satt von Regen. Nur hier und dort flatterte etwas weißer Schaum um eine Klippe.

Er hieß Andreas Bruyn und war ein Schwesterkind von Kedennek von der »Veronika«. Seit seine Mutter beim Ausladen einen Fehltritt getan hatte, im selben Jahr, in dem sein Vater auf dem Rohak gekentert war, waren seine kleinen Geschwister unter die Verwandten verteilt und er selbst bei seinem Onkel untergebracht worden. Dort schlief er unter der karierten Decke mit den beiden kleinen Söhnen, welche einen ebenso dünnen, krank riechenden Atem, ebenso hungrige Nasenlöcher und ebensolche blonden klebrigen Haarmützen hatten wie seine Brüder. Kurze Zeit, ja wenige Tage, nachdem er zu Kedenneks gekommen war, hatte er auf dem Fischmarkt, wo er zunächst den Platz seiner Mutter ausfüllte, einen Streit mit dem Reedereiaufseher. Der hatte ihn geheißen, die Fischkörbe auf den Kopf zu nehmen und nicht vornher zu drücken wie seine Mutter. Der Junge erwiderte, daß seine Mutter ja einen dicken Bauch gehabt hätte. Als ihm der Aufseher eine runterhaute, schüttete er vor seinen Füßen den Korb aus und lief davon. Im nächsten Sommer nahm ihn sein Onkel als Überzähligen mit auf die »Veronika«. Der Kapitän jagte ihn von vorn nach hinten. Andreas war fröhlich, ruhig und anstellig. Einmal hatte er das Brot zum drittenmal zwischen den Zähnen, zum drittenmal, bevor er hineingebissen hatte, schickte ihn der

Kapitän hinauf, da sah ihn Andreas an und erwiderte lächelnd, jetzt habe er Freizeit. Der Kapitän schlug ihm eins runter, Andreas preßte die Lippen zu, bog den Kopf zur Seite, um den Schlag aufzufangen, wie er's von zu Haus gewöhnt war, dann hielt er sein Brotmesser, es klebte noch ein Happen Fett daran, dem Kapitän unters Kinn. Der Kapitän fuhr hoch, da waren die Blicke der Fischer, die um ihn herumsaßen, so sonderbar starr auf ihn gerichtet, ein harter Stacheldraht von Blicken, er sah über Andreas hinweg, lachte auf.

Im nächsten Sommer konnte Andreas nicht mehr auf der »Veronika« fahren. Durch einen Zufall, zu lächerlichen Bedingungen, kam er auf der »Amalia« unter. Alle redeten Kedennek zu, den Jungen hinauszuwerfen, er brächte Unglück, nähme der Familie das Brot. Kedennek schwieg, er sagte auch nichts zu dem Jungen. Der war zu Hause anstellig und höflich und sanft, ein Schatten machte seine Bewegungen weicher, seine Worte leiser, als drückten ihn die Sorgen, die er über die Familie gebracht hatte. Er hielt sich ganz mit den Kindern, die Speckwürfelchen, die Kedenneks Frau abends zum Brot austeilte – sie waren schon jetzt im Oktober nicht höher als ein Fingernagel –, schenkte er ihnen.

Jetzt hatte ihn Kedennek nach dem Boot geschickt. Die Arbeit hätte auch bis morgen Zeit gehabt. In diesem Augenblick haßte er Kedennek, der, wie es ihm jetzt schien, ihn ausnutzte. Aber sein Haß war schnell fort. Er wurde traurig. Er war allein. Er hatte schon keine Mutter mehr und noch keine Liebste. Er hatte gar kein Heim, außer der Stube voll Kameraden, aus der man ihn weggeschickt hatte. Kaum war Andreas eine Viertelstunde unterwegs, als sein Kummer nachließ. Er fand einen einfachen Trost: daß er heranwachsen und nicht mehr gehorchen würde. Er hatte solche Lust nach Freude. Er kannte sie noch gar nicht. Ein-, zweimal war sie flüchtig durch ihn hindurchgegangen, damals auf dem Fischmarkt, wie er die Fische weggeschmissen und quer über den Platz gerannt war, zwei Sekunden lang hatten die Pflastersteine gehüpft, die grauen Wände der Lagerhäuser geflimmert, aber das war schon lange her und auch damals nur zwei Sekunden. Das andre Mal, das Messer zuckte ihm noch in der Hand, der Schlag brannte noch auf seinem Gesicht, eben war er noch allein und verzweifelt, da wuchsen plötzlich seine Gefährten rechts und links von ihm, schnell waren sie zwar eingeschrumpft, mürrische, gleichmütige Gefährten, aber einen Augenblick war alles anders gewesen.

Andreas seufzte auf, er ging die Mole entlang, zum Seglerhafen, seinen Steg entlang, hüpfte in Kedenneks Boot. Er bastelte herum, der Regen ließ nach, rechts und links tropfte es vom Gezweig der Segler, hier und dort glimmte ein Laternchen und drunten im Wasser eine Ölpfütze, und weit hinten im Lagerhaus ein Licht, und noch mehr dort drüben in den Giebeln. Andreas hatte keine Lust auf Alkoven, er streckte sich aus. Es tropfte, das Boot bebte nur ebensoviel, als er atmete.

Er hatte Lust zu schlafen, aber er schlief nicht ein. Jetzt dachte er an Marie. Seit vorigem Sommer pflegte er immer beim Niederlegen an sie zu denken. Er hatte Neid auf seine ältern Gefährten. Die tranken sich voll, schwenkten quer durch das Zimmer, als ob sie nichts Besonderes vorhätten, kamen nach einer Weile herunter und setzten sich zu den andren. Andreas zog die Knie an, legte sich auf die Seite. Das

Boot bebte, von irgendwo tropfte es eintönig auf seine Schultern. Er schlief vielleicht schon, da kamen Schritte den Kai entlang, dann den Steg, das war Kedennek.

Andreas blinzelte. Kedennek saß gerade und aufrecht und sah gleichmütig herunter in Andreas' Gesicht. Aber obwohl Kedennek genauso aussah wie immer, merkte Andreas doch, daß etwas an Kedennek verändert war. Obwohl er nicht wußte, woran es lag, kam es ihm doch sonderbar vor, daß sich etwas an Kedennek veränderte. Er richtete sich ein wenig hoch und stützte sich auf einen Ellenbogen.

»Manche haben gesagt, daß er kommt«, sagte Kedennek, »und manche haben gesagt, daß er nicht kommt, jetzt ist er also gekommen.« – »Ja«, sagte Andreas, »er ist gekommen.« – Kedennek fuhr fort: »Jetzt hören sie mal auf mit ihren Plänen, das is gut. Jetzt wird es ernst, das kann man daran sehn, daß er gekommen ist.« – »Ja«, sagte Andreas, »das ist gut.« Er fuhr fort, Kedennek aufmerksam ins Gesicht zu sehen. Aus irgendeinem Grund war er beunruhigt, daß Kedennek gekommen war, um mit ihm, Andreas, über etwas zu reden.

»Es war immer schlecht. Seit zwei Jahren ist es noch schlechter. Alles ist heruntergegangen. Unser Anteil ist heruntergegangen, die Preise sind heruntergegangen. Seitdem alles heruntergegangen ist, haben die Leute immerzu Pläne gemacht und allerhand Hoffnungen zusammengedacht.« – Nur aus einer winzigen Bewegung seiner Schultern konnte Andreas verstehen, daß die Leute, von denen er sprach, nicht irgendwelche Fremde waren, sondern, daß er sich selbst unter die Leute rechnete, die allerhand Pläne gemacht und Hoffnungen zusammengedacht hatten.

»Dieser Aufstand in Port Sebastian«, – Kedennek kniff die Augen zusammen, »da waren wir schon nach Neufundland.« Andreas betrachtete Kedennek aufmerksam. Er hatte ihn noch nie soviel auf einmal sprechen hören. Das fiel Andreas aufs Herz, vielleicht, weil er unbestimmt spürte, daß für Kedennek reden soviel bedeutete, wie für jemand anders, sich zu einer unbesonnenen und folgenschweren Tat hinreißen zu lassen.

»Hull«, fuhr Kedennek fort, »hat heute abend droben bei Desak den Fischern zugeredet, Boten nach St. Blé, nach Wyk und nach St. Elnor zu schicken, um alle Fischer zu einer Versammlung zusammenzubringen.«

Kedenneks letzte Worte klangen nicht anders wie das übrige. Andreas richtete sich vor Erregung auf. Er saß jetzt Kedennek gegenüber. – »Die Versammlung«, fügte Kedennek hinzu, »ist auf den ersten Sonntag im nächsten Monat festgesetzt.« – Sie schwiegen beide eine Zeitlang, dann fing Kedennek, zu Andreas' Überraschung, von neuem, und zwar von etwas ganz andrem an.

»Früher war es auch schlecht, aber jetzt ist es noch schlechter, jetzt gibt es nur eine Gesellschaft, die wohnt in Port Sebastian, aber man kann sie nicht finden. Früher gab es einen einzigen Reeder, das war besser, den konnte man sehen, der wohnte in seinem Hause, drunten, wo jetzt der Kai ist. Wie ich so alt war wie jetzt mein Kleiner, da gab es einen Reeder, der hieß Lukedek, der ließ das ganze Dorf nach seiner Pfeife tanzen. Es war aber damals in unsrem Dorfe einer, der hieß Kerdhuys, dem war es zu bunt, der ging hin, wo dieser Lukedek wohnte, ging in sein Haus, die Treppe hinauf, in die Stube, in der er saß, und fragte: ›Gebt Ihr mir meinen Anteil oder nicht?‹ Da sagte Lukedek: ›Nein!‹ Da stieß Kerdhuys sein Messer in ihn hinein, genau dahin –« Kedennek tippte mit dem Zeigefinger auf einen bestimmten Punkt von Andreas' Jacke. »Eine Zeitlang lag er drunten in den Klippen. Leute vom Dorf halfen ihm, schließlich fingen sie ihn doch und hingen ihn auf. Aber dieser Kerdhuys, der wußte doch wenigstens, wo er sein Messer hinsetzte.« – Kedennek brach plötzlich ab und schwieg. Man konnte es seinem Gesicht ansehen, daß er nichts mehr hinzuzusetzen, daß er alles Reden von sich weggeschoben hatte, wie ein Satter einen Teller wegschiebt. Plötzlich sprang er auf den Steg. Dann drehte er sich noch mal um. »Vergiß die Eimer nicht. Komm nach.« Darauf entfernten sich seine Schritte über den Kai. Andreas streckte sich wieder aus, ohne die Augen zu schließen. Der Regen hatte aufgehört, die Lichter um die Bucht herum waren ausgegangen. Quer über den Himmel gab es einen gelben, kläglichen Lichtstreifen, noch vom vergangenen Tag oder schon vom kommenden.

Der Wirt hatte Hull im Alkoven untergebracht, der zur Stube gehörte. Die Stube lag unter dem Dach über der Schenke. Desak schlief drunten im Laden. In der Stube schlief Marie. Hull war noch mal auf sie gestoßen, hatte sie unter der Achsel gefaßt, sie hatte gesagt: »Jetzt nicht«, hatte gezögert, er hatte sie gelassen, das war ja wohl nicht gut für so einen wie er, allzuviel um ein Frauenzimmer zu streichen. Er schlüpfte in das Loch, das hatte nur eine Tür zur Stube, einen Spalt im Dach, das Meer war gar nicht zu sehen. Er war auch entsetzlich müde, seit den Apriltagen von Port Sebastian war er immer unterwegs, immer auf dem Sprung, er machte sich nichts draus, nur machte ein Tag so müd wie früher zehn.

Er legte sich zurecht, er hörte noch Schritte, treppauf, treppab, nebenan Krachen und Rascheln, die Schenke war dünn gebaut, bei Mariens Griffen schwankten nicht bloß die Bettplanken, die ganze Schenke seufzte von oben bis unten.

Hull schlief darüber ein. Gleich legte ihm der Schlaf was Weiches, Warmes gegen den Leib. Er faßte, wunderte sich noch, daß Marie gar nicht so spitzig und kühl war, wie er erwartet hatte, viel weicher und runder. Dann war es gar nicht Marie, sondern ein krauses, gelbes Ding von irgendwo drüben. Er faßte an, dann hörte er draußen die Tür gehen, er dachte: Jetzt muß ich weg, ließ sie los, gleich war es still, er fing von neuem an, dann kam es wieder, Stimmen, sie klopften schon, er ließ wieder los, gleich wieder still, sie faßten sich, gleich neues Klopfen, die Lust verging ihm vor lauter Horchen – mochten sie klopfen, er war fast dran, dann kam ein Schlag, die Tür sprang auf.

Er fuhr hoch, stieß mit dem Kopf gegen die Decke. Es war stockdunkel, tiefe Stille im Haus und Ebbe draußen. Er dachte: Was weckt einen bloß immer? Möchte mich mal satt schlafen. Er legte sich auf den Rücken, versuchte an das zu denken, an was er am liebsten dachte, an die Apriltage von Port Sebastian. Das war nach der Meuterei auf der »Alessia«, sie wollten ihn und seine Gefährten aus der Stadt transportieren, die Galgen standen schon im Kasernenhof des Kedelschen Regimentes, er brach aus, sie schossen ihn ins Bein, er fiel um, da kamen die Leute, sie hatten in langen stummen Reihen die Straße entlang gestanden, deckten ihn und brachten ihn weg. So hatte es angefangen, am nächsten Tag zog es durch ganz Sebastian, die Bredelschen Reedereien – drei Viertel des Hafens gehörte ihnen – schlossen ihre Büros, die Familien fuhren ab, tot lagen Hafen und Markthallen. In diesem April wurden die Forderungen der letzten zehn Jahre angenommen. Später, als die Gesellschaft fürs erste nachgab und Port Sebastian sich beruhigt hatte, legte der Präfekt das Kedelsche Regiment auf die Margareteninsel, bevor die Neufundlandfischer zurückgekehrt waren. Jetzt fingen sie auch an, ihn zu suchen, er war aber gar nicht zu Schiff, er war zwischen ihren Fingern auf der Insel. Er brauchte nur in die Hände zu klatschen, dann sprang der Aufstand aus ihm heraus, auf die Stadt, aus der Stadt über die Küste, vielleicht über die Grenze.

Das mußte schon alles lange her sein, keine Monate, sondern Jahre. Auch er mußte damals anders gewesen sein, damals war er noch fröhlich, das war gut, wenn man lustig war, dann ging einem alles von der Hand, nie mehr war er so lustig gewesen, er wollte gerne, aber es ging nicht, damals war ihm auch der Gedanke gekommen, nicht herausschlupfen, sondern gerade erst recht her nach St. Barbara. Jetzt hatte sich alles verändert, jetzt konnte es doch keine Schande mehr sein, wegzugehen; was konnte er denn für diesen Gedanken von gestern, wo er jetzt anders war, anders und nicht mehr fröhlich.

Hull richtete sich auf. Sein Kopf war schwer, das war ein blöder Klumpen von Kopf. Er langte nach seinem Stiefel. Aber was langte er da herum im Dunkeln, das war ja Unsinn. Plötzlich, als ob sie in einem Winkel der Kammer gehockt und nur gewartet hätte, bis er ganz wach war, fiel solche Traurigkeit an ihn, fest an die Kehle.

Am Morgen waren nur noch ein paar Strähnen Regen vom Landhimmel her gegen das Meer gespannt. See und Himmel waren ganz zerfetzt, es roch nach Salz, und der Wind zerflatterte Stücke gelben Sonnenlichtes über den Fischmarkt. Früher, als St. Barbara noch der größte Fischereihafen der Küste gewesen war, kamen die Käufer von überallher auf den Markt geströmt. Jetzt aber war Sebastian dreimal, Wyk mindestens genauso groß. Die Reeder hatten ehemals selbst auf dem Platz in den beiden schönen Giebelhäusern gewohnt. Noch immer schwebten ihre Giebel wie die geschweiften Schwingen zweier in der Luft ruhenden Vögel über dem Markt, ja über der ganzen Bucht. Aber die Häuser waren längst an die Transportgesellschaft verpachtet. Die Gesellschaft der vereinigten Reedereien hatte ihren Sitz in Sebastian und eine Niederlassung in dem kleinen viereckigen Hause, das neu gebaut worden war, da wo der Marktplatz an den Kai des Seglerhafens stieß. Auf dem Markt wurde nur noch Abfall für die Einheimischen und Umliegenden verkauft und der ganze übrige Fang sogleich von den Schiffen aus ins innere Land verschickt.

Am späten Abend war der Segler »Marie Farère« angekommen, Tage, ja Wochen später, als er erwartet worden war. Er war schon verloren gesagt, da kam von der Insel das Gerücht, daß er mit beträchtlichem Fang hinter dem Rohak auftauchte. In der Nacht war er wirklich gekommen. In aller Frühe standen die Weiber vor der Tür des Reedereibüros, um Arbeit beim Ein- und Ausladen zu erhalten.

Seit vier Jahren hatte die »Marie Farère« ununterbrochen Glück. So schlecht die Jahre waren, sie hatte immer einen gutmittleren, einmal sogar einen sehr guten Fang.

Jetzt tönte die Stimme des Schiffers weit über den Platz. Unermüdlich dehnte er die Zahlen im alljährlichen Liede des Fischzählens. Nach jedem Takte klappte er zwei platte, steinharte Fische wie Brotscheiben aufeinander und häufte sie zu Schichten von zwei Dutzenden. Die Frauen liefen vom Kai zum Lagerhaus.

Da kam Kedenneks Frau, sie war schwanger, aber so hager, daß ihr Bauch wegstand wie ein Knorz von einer dünnen Wurzel. Auch Kedenneks Frau hatte mal in ihrer Haube etwas Besseres zusammengebunden als ein spitzes Kinn und ein paar Backenknochen, es war gar nicht mal so lange her, da hatte auch sie einen Schoß und eine Brust gehabt.

Der Schiffer rief die letzte Zahl über den Markt, den letzten langgezogenen Ton eines Liedes. Kedenneks Frau lief noch mal zurück, blieb stehn und sah sich nach allen Seiten um nach einem Körnchen Arbeit. Der Schiffer, es war ein Nachbar und Verwandter, Franz Bruyk, rief ihr zu: »Nu, Marie, wann geht's los?« – »Auf Weihnachten!« – »Bist aber gehörig dick, da sind wohl zwei drin?« – Die Kedennek erwiderte nichts, sah ihn böse an. Sie ging weiter, drehte sich noch mal um und sagte: »Bei uns daheim ist ein Sprichwort: Das Glück macht den Dummen breite Mäuler.«

Auf dem Kai saß ein Dutzend Fischer. Zwei standen auf, kamen zu Bruyk herüber und steckten einander die Pfeifen an. Einer sagte: »Du, Bruyk, ist das wahr, daß dein Junge an Ostern auf die Navigationsschule nach Port Sebastian kommt?« – »Ist wahr!« – »Das hat wohl der Kapitän gemacht bei dem alten Bredel?« – »Ja, so.« – »Hätt mich nicht eingelassen!« – »So, nicht eingelassen – na hör mal du, ich will dir was sagen, ich weiß schon, was ihr für Sachen macht, aber mit mir könnt ihr da nichts anfangen, freßt sie nur auf, die Suppe, die ihr euch einbrockt.« – »Jetzt will ich dir mal was erklären, Bruyk«, sagte ein Fischer, er legte Bruyk die Hände auf die Schultern, »weil du ein bißchen Glück hast, Bruyk, und weil dein Rotzbub auf die Schule soll, willst du, daß aus der ganzen Sache nichts wird.«

Die Leute von der »Marie Farère« waren beim Aufräumen an Bord. Sie kamen auf den Steg. Die Fischer vom Kai kamen auch heran. Jetzt standen sie sich gegenüber in ungefähr zwei gleichen Haufen. Bruyk schüttelte die Hände des Fischers von seinen Schultern. Der Fischer stieß ihn mit der Faust gegen die Brust. Einen Augenblick später lagen sie ineinander, halb auf dem Steg, halb im Wasser. Kedenneks Frau stellte den Korb ab, schnaufte und sah mit zu, ihren herunterziehenden Bauch mit beiden Händen festhaltend. Aus dem Büro kam der Aufseher herausgelaufen und schimpfte.

Kedenneks Frau stellte ihren Korb zum zweitenmal ab und sah jetzt ausschließlich dem Aufseher mit zu. Plötzlich drehte sich der Aufseher nach ihr um. »Was stiert Ihr denn? Macht, daß Ihr fertig werdet!« – Kedenneks Frau nahm langsam den Korb auf. Ihr Bauch zog, ihr Gesicht war nachdenklich.

Am Marktplatz, neben der Transportgesellschaft, stand das kleine, frisch getünchte Gasthaus. Hinter dem blanken Schiebefenster, in der niedrigen, nach Sand und Schmierseife riechenden Gaststube, saß ein gutes Dutzend Männer um den Tisch. Die Gesellschaft pflegte alljährlich einen Angestellten zum Abschluß mit den Kapitänen herüberzuschicken. Diesmal war es einer von den jungen Bredels selbst, dem es Spaß machte, mit den Leuten umzugehen. Er schenkte eine Flasche Schnaps ein. Die meisten Leute, besonders die jüngeren, waren abgespart in ihren Bewegungen und schweigsam, weil sie nichts Verkehrtes sagen oder tun wollten. Aber drei oder vier kümmerten sich um nichts, sie spießten kleine Stücke Weißbrot auf ihre Taschenmesser, tunkten sie in die Gläser und zerdrückten sie mit aufgekniffenen Augen zwischen Zunge und Gaumen, um sich etwas an dem kostbaren Branntwein zu berauschen. Sie schlugen sich auf die Schenkel, als der junge Bredel – ihre Angelegenheiten waren schon erledigt – anfing, Witze zu erzählen.

Unter den Kapitänen war einer, den man weder zu den Älteren noch zu den Jüngeren rechnen konnte und der sich überhaupt etwas abseits hielt. Das war Adrian Six von der »Ursula«. Er trank auch nichts, denn er hatte seit etlichen Jahren nichts getrunken, nicht geflucht und mit keinem Weibe, außer mit seinem eigenen, geschlafen. Es wäre ihm lieber gewesen, Bredel hätte von etwas andrem gesprochen, aber er sah ihm höflich ins Gesicht. Bredel fing auch selbst von etwas andrem an. Seine Gäste antworteten ihm einsilbig und vorsichtig. Zwischen einigem Hin- und Herreden sagte Bredel: »Der Vorschuß, den die Leute hierzulande nehmen, könnte bis in den Sommer reichen, wenn er nicht jedesmal auf dem Pfingstfest vertan würde.«

Six nickte, er legte den Kopf auf die Seite, um Bredel noch besser ins Gesicht zu sehen, da sah er gerade hinter dem Schiebefenster Kedenneks Frau einen Korb vorbeitragen, sie benutzte den Bauch als Unterlage. Als ob er etwas ganz Sonderbares zu sehen bekäme, erhob sich Six und trat vom Tisch weg ans Schiebefenster. Er sah, was er immer sah. Über den hellen Platz trieb der Wind die wunderlichen Schatten der Wolken. Sogar das Wasser am Kai war weiß gescheckt. Die Wimpel der »Marie Farère« flatterten, es flatterten die Röcke und Haubenzipfel der Frauen, die unvergleichlich geschwungenen Giebel der Ziegelhäuser flatterten über den Marktplatz. Six glaubte, den Wind zu spüren, da draußen zu stehen, wäre nicht der Hauch seines offnen Mundes gewesen. Gerade war der Aufseher heimgegangen, die Schlägerei war zu Ende, die Männer standen noch in zwei Gruppen gegeneinander. Six drehte sich um und ging aufs Zimmer. Er stieg die Kammer hinauf, die er für zwei Nächte mit seinem Freund teilte. Er holte die Bibel aus seiner Tasche. Er war in einem Dorfe, einen halben Tag von St. Barbara, aufgewachsen. Er hatte immer lieber gelesen, als mit den Buben geangelt, vielleicht hatte gerade deshalb der Pfarrer das Geld aufgebracht, um ihn auf die Navigationsschule zu schicken. Er war kein beliebter Kapitän, zu gutmütig und wegen seiner Frömmelei verachtet. Vor einigen Jahren war er plötzlich aus der katholischen Kirche aus- und in irgendeine Sekte eingetreten. Bevor er in die Navigationsschule gekommen war und bevor er seinen Glauben gewechselt hatte, überhaupt, wenn es eine Veränderung oder einen Kummer oder etwas Unbehagliches gab, hatte er jedesmal die Bibel aufgeschlagen, jedesmal an einer Stelle, die seinen Kopf weiter und heller machte. Auch jetzt schlug er auf und tippte mit seinem langen Zeigefinger auf eine Zeile. Es war die Zeile, in der der Hohlweg beschrieben wurde, durch welchen Bileam auf seinem Esel reitet. Six zog den Finger ein und dachte nach. Er grübelte und grübelte, aber wie sehr er sich auch anstrengte, er konnte keinen Zusammenhang zwischen dem Hohlweg und den Fischern von St. Barbara entdecken.

II

Das gelbe Pünktchen Türklinke glimmte durch das Halbdunkel der beinah winterlichen Stube, in welcher die Kedenneks um den Tisch saßen. Es roch nach Atem, nach Nässe und nach Bohnen. Die Kinder waren zuerst fertig, sie schielten nach Andreas' Teller. Da lagen noch zwei Brocken, die gehörten ihnen, die kamen jedesmal, wenn alles vorbei war, nach rechts und links zu ihnen gerutscht. Sie schielten ungeduldig nach Andreas' Gesicht, jetzt war es Zeit, daß er blinzelte, lächelte, aber Andreas sah ganz woanders hin. Mit Andreas war es so: Die letzten Wochen hatte er noch mal einen Ruck getan, war fast so hoch wie Kedennek geworden, hungrig war er immer gewesen, aber seit kurzem hatte er einen andren, neuen Hunger. Der machte einen so leicht, machte alles so dünn und bunt, splitterte jetzt zum Beispiel kleine Fünkchen ab von der gelben Türklinke, den ganzen Nachmittag hatte Andreas an nichts andres gedacht als an diese Bohnen, er hatte am Hafen gearbeitet, war herumgeschlendert, hatte immer nur an Bohnen gedacht, wie sie schmecken, wie sie aussehen, wie sie rochen, endlich waren sie da, nein, diese beiden Brocken gehörten noch ihm, Andreas. Er schrappte sie schnell zusammen, schluckte. In der Lücke zwischen Essen und Aufstehen sagte plötzlich Kedenneks Frau – sie sagte das seit einigen Wochen immer genauso: »Jetzt is genug, das hab ich genau eingeteilt, das Fett und die Bohnen und alles, daß es reicht auf den Winter.« – Die Kinder schauten die Mutter an, Kedennek starrte geradeaus mit starren, harten Blicken, mitten durch die unsinnigen Dinge, die man an Land um ihn herum aufgepflanzt hatte – vier Wände und eine dickbäuchige Frau und Bohnen und Kinder und Hunger. Die Kinder sahen wieder auf Andreas' Teller, da war er leer, die Brocken waren weg. Andreas drehte den Kopf, aber die Kinder sahen ihm zornig gerade ins Gesicht. Andreas zuckte zusammen, die Brocken waren drunten, er hatte noch immer Hunger und schämte sich.

Es war entsetzlich stickig im Alkoven. Andreas dachte, dieser Cleve stinkt schrecklich, was macht er sich dick, der stößt mich noch raus, gleich ist es Zeit zur Wache. Er fuhr auf, er war nicht zur See, das war nicht Cleve, sein Kamerad, sondern die feuchten Körperchen von Kedenneks Buben. Andreas hatte sofort einen Stich: die Bohnen. So was durfte nie mehr geschehen. Er tippte das Kleine an, das schwitzte kränklich im Schlaf. Andreas dachte, seine Kinder würden mal anders aussehen, keine Zwei-Brocken-Bohnen-Tarifkinder. Es kam ihm einfach vor, alles zu ändern. Er brauchte nur die Hände an den Mund zu legen, alle zusammenbrüllen.

Aber Andreas brüllte nicht. Er preßte die Lippen zusammen, weil alle schliefen. Drüben in der Wand schlief Kedennek, hinter seinem Rücken zusammengerollt die Frau. Jede Sekunde wurde die Luft um fünf Atemzüge dicker. Andreas dachte wieder an die Bohnen, ekelte sich davor, hatte aber Hunger. So ein Hunger. Bald setzte er sich da, bald dort in einem fest. Steckte bald im Kopf und saugte einem hüpfende lustige Hungergedanken heraus, bald im Herzen und machte es brennen und klopfen, bald in den Händen und machte sie weich wie Butter, und bald fuhr er einem zwischen die Beine in den Schoß.

Andreas kroch vorsichtig über die Kinder, kleidete sich an, machte die Tür sowenig wie möglich auf, um den Wind nicht hereinzulassen, stemmte sich dagegen und schlupfte hinaus. Wie Schüsse in der Nacht, krachte das Meer gegen die Felsen. Die Hütten auf der Höhe duckten sich noch enger zusammen. Andreas stieg weiter. Er kam in die Schenke, da lungerten noch ein paar herum. Andreas fragte bloß: »Ist sie da?« – »Ja, droben.«

Dann war es nicht ganz so, wie er sich's vorgestellt hatte, keine so großartige Sache und auch keine so schlimme. Sie hatte ihm erst mal was zu essen zugestopft, er hatte dagesessen, geblinzelt, dann hatte sie gesagt: »Was schleichst du denn immer um mich herum wie die Katz um den heißen Brei?« Dann hatte sie ihn genommen, einfach und schnell war alles gegangen. Die so schrecklich viel von dieser Sache zu reden pflegten, dachte Andreas, und soviel Wesens draus machten, das waren nur Dummköpfe. Morgens träumte er dann wieder, er schliefe mit Cleve und dann mit Kedenneks Kindern, er wurde ganz wirr und mußte lachen über das Fremde, Spitze in seinem Arm. Er drückte sich noch herum. Er gefiel Marie gut, sie sagte gleich: »Komm nur immer wieder.« Schließlich mußte er gehen, er machte die Tür auf, wurde ein bißchen traurig. Das war genauso, wenn man an Land kam, jetzt kam wieder all das Alte, die Stube, der Winter und die Kinder und Bohnen. Andreas kletterte die Treppe herunter, machte die Tür zur Stube auf. Früher hatte er immer gedacht, man müßte sich schämen, da durchzugehen, aber jetzt war's ihm einerlei. An der Wand lehnten zwei aus dem Dorf. Vorn am Fenster saß Hull. Er drehte ihm den Rücken, aber Andreas erkannte ihn doch. Er ging jetzt nicht durchs Zimmer, sondern blieb stehen, die Hand auf der Türklinke.

Am vorigen Abend hatte Hull den Fischern zugeredet, die Versammlung nicht erst auf den nächsten Monat, sondern schon auf den kommenden Sonntag einzuberufen. Hull war ruhig und sorglos. Niemand konnte ihm etwas anhaben. Er konnte bleiben und fortgehen, wie er wollte. Er hatte zwar sagen hören, daß von nächster Woche ab der Dampferverkehr nach der Insel eingestellt würde bis auf den monatlichen Postdampfer, aber er wollte mindestens noch einen Monat bleiben. Er hatte die Nacht über drunten geschlafen. In aller Frühe waren noch einmal die beiden Männer gekommen, welche die Ortschaften bis zur Grenze abgehen und die Leute auf die Versammlung rufen sollten. Sie hatten noch allerhand zu fragen. Hull ging es durch den Kopf, wenn er die Männer wegschickte, dann wußten in einigen Wochen alle, wo er war, sie würden ihn einfangen, alles würde ein Ende haben, er wollte aber kein Ende, er wollte doch noch ganz was andres als nur St. Barbara, Wasser und Kameraden und Weiber und andre Hafenstädte und noch mal, noch oft April.

Die Fischer drückten ihre Mützen gegen die Knie und bewegten im Nachdenken ihre Kiefer, als mahlten sie unzerkaubare Bissen. Sie erwarteten geduldig Hulls Antwort. Hull redete ihnen noch mal zu, die Leute aus Blé, Elnor, Wyk usw. unter allen Umständen, wenn nötig unter einem Vorwand, auf den ersten Sonntag nach St. Barbara zu bringen. Die Leute gingen.

Andreas stand noch immer auf der Treppe. Er betrachtete noch immer eingehend Hulls Rücken. Hull hatte den Kopf in den Händen und rauchte. Er merkte nicht, daß ihn jemand von hinten betrachtete. Der hat es gut, dachte Andreas, als ob er es von Hulls Rücken ablesen könnte, der wird nie mehr so einen langen Landwinter erleben. Nie mehr wird er in so eine Stube zurückkehren müssen wie ich jetzt.

Die Leute von St. Blé und von St. Elnor und noch weiter auseinanderliegenden Ortschaften bis zur Landesgrenze im Nordosten und bis Port Sebastian im Südwesten kamen am Sonntag nach St. Barbara, das genau in der Mitte lag, um über ihre Angelegenheiten zu beraten. Sie zogen früh in der Dämmerung ab, die meisten über die Landstraße, die einen Kilometer vom Meer entfernt längs der Küste führte. Einige Weiber wollten auch mit, sie hatten Verwandte in St. Barbara und benutzten die Gelegenheit. Die Weiber hatten auch Kinder bei sich, die hätten zu Hause geheult. Von vorne schlug ihnen der regennasse Winterwind entgegen, von hinten zogen die Weiber, schlechte Gewichte. Die Fischer stellten die Kragen hoch und zogen mürrisch und verdrossen. Einer wollte was zum andern sagen, der Wind verstopfte ihnen die offnen Mäuler. Hinter ihrem Rücken heulte laut ein Kind auf, Franz Ked dachte: Das is meins, Franz Ked aus St. Elnor dachte: Das is mein Jüngstes, und das neue kommt vor Neujahr, keine zwei Fünftel Anteil müßten wir haben, mindestens drei Fünftel, sieben Pfennig das Kilo und neue

Tarife. – Franz Bruyk dachte: Gut, daß die Frau zu Haus ist. Mindestens drei Fünftel Anteil und sieben Pfennig das Kilo und neue Tarife. Verfluchter Regen. – Elmar aus Blé dachte: Das war mal eine in Port Sebastian. Was das wohl gibt in St. Barbara? Neue Tarife müßten wir haben und sieben Pfennige das Kilo. – Jan Dik dachte: Meine Mutter, die macht's nicht mehr lang, so ein bißchen Gesöff wär gut jetzt. Neue Tarife müßten wir kriegen und drei Fünftel Anteil.

Zwischen den Dünen war eine kleine Mulde, da blieben sie stehen, tranken eins, einer sagte: »Was das wohl gibt in St. Barbara?« und der andre: »Ja, ob da was rauskommt?« Sie zogen weiter, die Straße war weich, der Regen war dicht, die Kiefer erstarrten. Einer sagte: »Da kommt was!« Sie drehten die Köpfe. Aus den Äckern, gegen die Straße, aus einem Dorfe landeinwärts kam ein kleiner schwarzer Trupp wie sie, sie warteten, nickten sich zu, liefen schweigend weiter. Dann war vor ihnen noch mal ein schwarzer Punkt, das waren Leute aus Wyk, die warteten jetzt auf sie, sie liefen alle zusammen. Das war, als ob die paar Dörfer, die seit einer Ewigkeit jedes für sich in den Dünen schliefen, aufwachten, im Regen zusammenkrochen, um es wärmer zu haben. Ungewohnt war es, so viele zusammen zu sein und ganz unnütz.

Der Regen wurde dünner, aber spitzer, die Kinder weichten auf und quengelten. Die Weiber wurden vom Schleppen verdrießlich. Ein paar junge Burschen von vorn liefen auf eine Höhe, schrien ahoi, winkten mit den Armen. Wieder kam ein halbes Dutzend, diesmal vom Strand her. Die Neuen sagten: »Ihr seid aber mal viel.« Wirklich, sie sahen sich um, sie waren jetzt schon ein langer Zug. Sie machten gleich einen kleinen Umweg nach Wyk, nahmen von dort ein paar mit, jetzt hatten sie schon Lust danach, ein immer längerer Zug zu werden. Sie kamen gegen die Bucht. Drunten, unter den ausgebreiteten Flügeln seiner Giebel, lag St. Barbara. Von der andren Seite her kam ein Zug, genau wie der ihre, gegen die Bucht. Sie fingen zu schreien an, waren schon wild, mit diesem Zug zusammenzustoßen, also da drunten lag endlich St. Barbara, sie trafen wirklich die andren, die waren genau wie sie weither gekommen, durch den Regen, die See entlang. Wenn alle kamen, das war nicht umsonst, irgend etwas mußte schon drunten geschehen in St. Barbara.

Alle trafen sich auf dem Fischmarkt. Er war zwar offen zum Hafen, aber mit seinen steinernen Wänden so gut wie ein Zimmer. »Also gekommen ist er.« – »Was ihr nicht schwatzt!« – »Doch, er ist da.« – »Nein, so was, daß er da ist.« – »Das is gut, daß er da ist.« – »Ja, gut is das!« – »Wirklich, hier in St. Barbara?« – »Doch, eben hier.« – »Drei Fünftel Anteil und neue Tarife!« – »Also, er ist gekommen.« – »Ja, wahrhaftig, drei Fünftel Anteil, sieben Pfennig das Kilo.« – »Und neue Tarife, und drei Fünftel Anteil.«

Die Schenke war vollgestopft von Männern, der Laden war auch gleich vollgestopft, die Tür zur Schenke war ausgehängt.

Als Hull herunterkam, war es drunten schon voll. Es war kein Lärm – zwei, drei standen herum und redeten, ein paar horchten hin. Hull stellte sich zu den beiden und fing auch zu sprechen an. Jetzt horchten schon mehr, dann wurden alle still und sahen ihn an. Das war er also. Er fing von sich selbst an, von der »Alessia« und Port Sebastian, das hatten sie erst in Stücken aus dritter Hand gehört. Jetzt hörten sie's von ihm selbst. Dann sprach er von ihnen, von den Bedingungen der letzten Ausfahrten.

Er hatte schon lange nicht mehr ins Volle hinein sprechen können. Zuerst kamen ihm seine Worte dürftig vor – winzige Hammerschläge auf einen Block –, dann fing der Block zu zucken und zu bröckeln an, ihre Gesichter wurden zornig und gierig, hängten sich an seinen Mund, also, das war er, also, das sprach er, genau das, was sie brauchten, kam da herausgesprungen, sie rissen ihm die Worte zwischen den Lippen heraus und fraßen sich voll damit.

Wenn man also nur wollte, wenn man sich nur ein wenig reckte und schüttelte, kamen die Leute von zwanzig Kilometer weit her. Wenn man sich nur ein bißchen zusammennahm und die Stimme erhob, dann duckte sich alles in einem drin, die fremde, schwere Masse vor einem wurde weich, die Wände weiteten sich.

Hull erblickte nah vor sich Kedenneks Gesicht. Er bemerkte ihn jetzt erst, Kedenneks Gesicht war unbewegt, seine Lippen waren zusammengepreßt wie immer. Hull redete und redete. Aber Kedenneks Lippen wurden immer schmälere Streifen.

Hull redete den Fischern zu, einen Beschluß anzunehmen, auf den sie sich alle verpflichten und den sie in ihre Dörfer mitnehmen und dort anschlagen sollten:

1. Es gehen Boten nach Port Sebastian, um Vorschuß zu fordern.

2. Neue Tarife werden bestimmt und neue Marktpreise für das Kilo festgesetzt.

3. Kein Schiff und kein Mann fährt außer diesen Bedingungen im Frühjahr ab.

Die Fischer mahlten mit ihren Kinnladen. Es war schon dunkel. Sie bogen die Köpfe zueinander, bogen sie auseinander, einige traten auf Hull zu, berührten ihn, fragten ihn aus. Schließlich nahmen sie alles an.

Die Versammlung ging jetzt zu Ende. Die um Hull herum sprachen noch durcheinander, einige hinten tranken, und an den Seiten fingen sie schon an, die Hände auf die Knie zu legen und vor sich hin zu sehen.

Franz Bruyks Frau hauchte auf die Scheibe, wischte sie blank und stierte heraus. »Es kommen noch immer welche«, sagte sie nach rückwärts. – »Na, laß sie nur kommen«, sagte Bruyk. – »Gehst nicht hinauf?« – »Wozu?« – »Kommt mal her, Kinder.« Die beiden Mädchen standen auf den Fußspitzen am Fenster. Jetzt kamen sie langsam näher. Bruyk zog die eine aufs Knie und kraulte die andre. Jetzt war der Kopf des Vaters ganz nah, er war rund und komisch. Rund und blank und lustig waren die Augen, die Mädchen kicherten. Aber mittendrin in den blanken, lustigen Augen gab es Punkte, gar nicht lustig, die waren ganz spitz. Die Mädchen hörten plötzlich zu kichern auf. Aber Bruyk sagte bloß: »Ihr seid gute Mädchen, und euer Bruder, mein Junge, der kommt an Ostern auf die Schule nach Port Sebastian.«

Die Frau trennte sich seufzend vom Fenster. Alle Bruyks sahen aus wie eine Handvoll Murmeln, alle waren rund und blank, alle rollten sie durcheinander. Nach einer Weile kam der junge Bruyk, auch so ein runder, blanker. »Wo steckst du denn?« – »Auf dem Fischmarkt.« – »Wirst dir die Finger verbrennen.« – Sie aßen, es wurde dunkel. Aber die Bruyks schmatzten im Dunkeln weiter, klapperten, schrappten die Teller.

Sie legten sich schlafen. Sie schliefen schon ein paar Stunden, da klopfte es fest an die Tür. Bruyk öffnete. Draußen standen ein paar Leute aus dem Dorf. Hinter ihnen, im Dunkeln, standen noch andre. »Nu, Bruyk, legst dich ja früh schlafen, bist ja früh weg von der Versammlung.« – »Hab mir gedacht, ihr werdet schon selber kommen, alles haarklein erzählen. Was hat er denn gesagt, euer Hull?« – »Er hat gesagt, man soll solch Spitzbuben wie dich durchprügeln.« – Der Wind fuhr durch die Tür, machte die Stuhlbeine hüpfen. Bruyk wollte schließen, einer stellte das Bein dazwischen, ein andrer packte ihn am Hals. Sie drangen in die dunkle Stube. Die Kinder und die Frau wachten auf und heulten. Sie warfen Bruyk um und schlugen drein.

Der Wind war froh, weil die Tür offen war. Er fuhr herein, zauste und rüttelte. Der junge Bruyk konnte nicht helfen. Er packte seinen Vater an einer Schulter und versuchte, ihn unter dem Haufen wegzuziehen. Aber er bekam einen Tritt, von einem, den er im Dunkeln nicht erkannte. »Gib nur bei, kleiner Bruyk, du hast einen Lumpen zum Vater, da ist nichts zu machen.«

Nachdem sie sich satt geprügelt hatten, gingen sie. Der Wind stieß noch mal gegen die Tür und fuhr pfeifend weiter. Frau und Kinder schleppten noch immer heulend Bruyk in den Alkoven. Bruyk seufzte und wälzte sich.

Die Kedenneks saßen gerade bei Tisch, da klopfte die Nachbarin Katarina Nehr. Sie brachte das Tuch zurück, das sie für ihre Schwiegermutter geliehen hatte, die war inzwischen gestorben. Man stellte ihr einen Teller hin, und alle dachten, ob sie wohl essen würde. Sie aß aber nicht, sie erzählte. Die Schwiegermutter hatte den ganzen Sommer über schon nicht mehr recht mitgemacht. Dann waren der Sohn und der Enkel gekommen, dann war sie ganz zusammengeklappt. Die Männer hatten in einer Wand geschlafen und Katarina Nehr mit der Alten. Sie war nicht lahm, aber schlapp und blöd. Sie sprach nichts mehr, nur wenn der Laden klapperte, konnte sie ganz fuchswild werden und ein Geschimpf loslassen, daß es nicht zu glauben war von so einer alten Frau, kurz vor dem Tode, nur wegen einem Laden.

Aber vor drei Tagen, die Männer waren drunten, hatte sie auf einmal gesagt: »Katarina« – »Nu?« – Sie hätte doch bestimmt alles vorgeteilt, daß es reicht über den Winter, auch ihren eignen Teil, aber da sie's ganz gewiß nur noch ganz kurz machen würde, könnte sie vielleicht von ihrem Teil jetzt gleich auf einmal viel wegessen, es bliebe doch noch was für die andren. Da hatte sich Katarina Nehr gewundert, denn die ganze Woche hatte die Alte bloß getrunken und keinen Löffel gegessen, aber sie hatte einen Topf voll Warmes gemacht und Speck hineingeschnitten, hatte der Alten einen Arm untern Rücken gelegt, da hatte die Alte selbst den Löffel genommen und ganz munter gegessen, bis der Topf leer war, hatte sich noch den Mund gewischt und umgelegt und gar nicht am Abend über den Laden geärgert, und wie sie dann aufgewacht waren, war sie tot gewesen.

Nachdem das die Frau erzählt hatte, dankte sie nochmals für das Tuch und ging. Kedenneks Frau schüttelte das Tuch auf, um zu sehn, ob es Schaden genommen hätte. Die Buben saßen noch still, die Geschichte hatte ihnen gefallen, sie hatten alles verstanden. Das Tuch war heil, und sie aßen weiter.

Auf einmal sagte Andreas: »Ihr, Kedennek, im Frühjahr, in Port Sebastian, sind da viele draufgegangen?« – »Man sagt, so ein Dutzend.« – »Ihr, Kedennek, wenn's so bei uns wird wie im vorigen Frühjahr in Port Sebastian, dann gehen doch auch welche drauf, dann wär's doch am besten, Ihr, Kedennek, und ich, wir würden's auch mit dem Speck so machen, wie Katarina Nehrs Schwiegermutter.«

Kedennek streckte den Arm aus, ohne sich viel zu rühren, und gab Andreas quer über den Tisch mit der Faust eins vor die Brust. Andreas prallte zurück, hielt sich aber mit beiden Händen fest an der Tischplatte. Das Geschirr klirrte. Andreas richtete sich lachend auf und kaute weiter.

Eine Woche später saß Hull, wo er meistens saß, am Tisch, gegen das Fensterkreuz. Vor seinem Platz gab es schon viel Ritze und Kreise von seinem Messer. Desak rückte an ihn heran, er fing ein Gespräch an: »Heute nachmittag, Hull, ist der Dampfer von der Margareteninsel gekommen, geht morgen zurück. Jetzt geht er nur alle Monat. Da mein ich, es wär das beste, du fährst zurück. Mir ist's nicht drum, ob du noch bleibst oder nicht, aber geh jetzt weg, hier ist jetzt alles im Fluß, geh weg, setz dich nicht fest, eben sind sie nicht scharf auf dich, du kommst glatt rüber, in einem Monat ist alles anders. Setz dich nicht fest.« – Hull fragte: »Wann fährt er?« – »Morgens um sechs.« – »So.«

Hull stand auf. Er trat ans Fenster, spreizte die Arme, setzte sich wieder. Das war ein Einfall von diesem Wirt, das war etwas Neues, was er sich ausgedacht hatte, niemand hielt ihn zurück, er konnte gehen. Er stand noch mal auf, ging noch mal ans Fenster, jetzt war es nicht mehr umsonst da draußen weit und rund, der Wind zerriß nicht umsonst die Sonne in kleine Fetzen und blies sie über das Meer. Das konnte er alles haben, das wurde ihm alles angeboten, das gehörte ihm. Er sagte: »Vielleicht geh ich mal.« –

Er stieß auf Marie, die rekelte sich über dem Tisch. Wie er vorbeikam, streckte sie ihre Arme lang aus, legte den Kopf darauf, blinzelte. Hull fiel es ein, so hatte sie auf dem Geländer gehangen, aber er hatte doch ihre Brust nicht gekriegt, das war zwar kein großes Versäumnis, überhaupt hatte sich damals sein Herz ganz umsonst zusammengezogen, Hull war beinah enttäuscht.

Auch jetzt lag Mariens Brust im Kleid, er faßte danach, aber Marie sprang plötzlich auf und schüttelte sich. Das war so leicht, so eine über den Tisch zu ziehen oder rundherum, und hatte er mal die Hand im Kleid, dann machte so eine von selbst auf. Er wollte auch nach ihr langen, sie legte sich schon nach vorn, aber es ging nicht. Er sagte bloß: »Auf morgen!« Marie sagte: »Morgen geht's nicht, da kommen die Leute vom Dampfer. Da ist Betrieb hier.« Marie kniff die Augen zusammen, sie wurde noch schmäler und spitzer, noch dünner und bittrer. Jetzt dachte er wieder, er möchte sie haben, er mußte auch alles, bevor er nur wegging, verschlucken, die getünchte Wand mit Placken von abgefallenem Mörtel, das Fenster, darin etwas Dünen – vom Meer sah man hier nichts –, vom Winterregen zerwühlt. Heute war es ihm nicht wie am Sonntag zumute, er war wieder müde. Das kannte er schon, manchmal wurde alles, Menschen und Dinge, zu Vögeln, die nahmen einen im Fluge mit, manchmal zu Bleiklumpen, zogen einen herunter. Wenn er sich noch mal ausgeruht hatte, dann konnte er alles, auch Marie packen, nur heute nicht mehr. Marie sagte: »Die haben erzählt, daß du gehst.« – Hull sagte: »Da wird nichts draus.«

Am nächsten Morgen sagte Kedenneks Frau: »Andreas, gib acht auf die Buben, die hol ich nachher. Ich muß man runter.« – Andreas holte sein Zeug herbei, um ein paar Haken zu drehen, und setzte sich hinter den Tisch. Manchmal sah er durchs Fenster. Das Fenster ging auf den schmalen Weg zwischen den Hütten. Auf dem Weg waren die Spuren von vielen Schritten. In der Nacht hatte es gefroren, und die Fußstapfen waren erstarrt, in den Ritzen saß Reif. Gegenüber war noch ein Stück von Nehrs Mauer, alles aus grauen Steinbrocken. Über dem rechten Pfosten, den man noch sah, waren zwei solcher Steinbrocken so zusammengefügt, daß es ein Kreuz gab. Auch in den Ritzen des Kreuzes saß der Reif. Andreas sah noch mal hinaus, dann sahen auch die Kinder, die mit kleinen Eisenteilchen spielten, hinaus und sahen genau dasselbe. Das Zimmer war voll Rauch, und alle hatten rote Augen.

Nach einer Weile ging Andreas mal vor die Tür, die Kälte war schon feuchter geworden, der Reif auf dem Wege verschwunden. Andreas hatte Lust, mit jemand zu sprechen. Aber oben krümmte sich der Weg um die Höhe, und unten um Nehrs Mauer, das Stückchen war leer, nur der eingefangene Wind surrte. Andreas seufzte, er wollte schon wieder zurück, die Kinder schrien drinnen, da kamen von oben Schritte. Er wartete noch, das war Hull. Hull streifte Andreas, ohne auf ihn zu achten. Andreas schloß hinter sich die Tür und sah Hull enttäuscht nach. Es kam ihm sonderbar und unverständlich vor, daß Hull ihn noch nicht angesprochen hatte. Gerade ihn nicht, Andreas, der ihn vom ersten Augenblick an erwartet hatte. In den letzten Tagen war erzählt worden, daß Hull zurückfuhr. Andreas war zuerst erschrocken, dann hatte er nicht mehr daran geglaubt.

Hull war schon um Nehrs Mauer herum, da war wieder ein Stück Weg, genauso grau, wieder solche Steinbrocken und dazwischen niedrige Fetzen vom Himmel, dann kam wieder eine Biegung, Hull bekam Lust, irgend jemand anzusprechen, vor ihm war niemand, er drehte sich um. Er sagte: »Wie kommt man am schnellsten die Küste entlang?« – Andreas kam näher heran. »Gibt es eine Fähre über die Bucht?« – »Nein, jetzt nicht mehr, man muß rundherum gehen.« – Hull sah Andreas fester an, wieder fiel es ihm ein, daß er ihn schon öfters gesehen hatte, ganz am Anfang auch, später in der Schenke, und bei der Versammlung. Hull wünschte sich, der Junge möchte den Weg mit ihm runtergehn, ihm ein bißchen zuhören. Er sagte: »Wer seid Ihr denn?« – Andreas erwiderte: »Andreas Bruyn, ich gehöre zu Kedenneks.« Sie betrachteten einander. Andreas fügte hinzu: »Wenn Ihr bis Elnor wollt, braucht Ihr nicht den Strand entlangzugehen, es gibt einen Weg durch die Dünen, der ist besser bei Regen. Wenn Ihr wollt, geh ich mit.« – »Ja, das ist gut, könnt Ihr abkommen?« Andreas sagte: »Ja, ich kann abkommen.«

Sie gingen weiter. Andreas dachte an die Buben. Er hatte die Tür zugemacht – die Buben warteten eine Weile, riefen ihn, sahen ihm nach, er war weg, sie heulten, rannten hinunter, Kedenneks Frau kam zurück, das Zimmer war leer. Andreas tat etwas weh. Er hatte Heimweh. Das hatte er noch nie gehabt – nicht nach seinen toten Eltern, es war kein großer

Unterschied zwischen ihnen und Kedenneks, nicht nach der Kammer mit ihrem Elterngeruch, die jetzige roch genauso. Nun dachte er – drei Minuten waren vielleicht vergangen –, es sei gut, umzukehren, die Buben waren schon enttäuscht, dann kam er doch noch, sie hüpften, rissen die Augen auf.

Er kehrte aber nicht um. Sie waren jetzt bei der letzten Biegung, unterhalb der Höhe. Vor ihnen lag die Bucht, zur Seite das Meer. Seit einigen Tagen und Nächten war das Rauschen so gleichmäßig und einförmig, daß es war, als ob die Stille selber rauschte. In der Regenluft war alles deutlich, der Leuchtturm auf dem Rohak, weit hinten die Insel, sogar die Dampferfurche. Hull fuhr zusammen, er war also nicht dort draußen, er war auf irgendeinem grauen, eingefrorenen Weg, der unter seinen Schuhen aufweichte. Hull fürchtete sich beinah davor, Andreas könnte andren Sinnes werden und umkehren oder einen Bekannten treffen. Aber Andreas kehrte nicht um. Sie trafen auch zufällig keinen Bekannten, auch nicht auf dem Marktplatz. Obwohl sie sich nicht durch Gerede die Zeit verkürzten, hatten sie die Bucht ziemlich schnell hinter sich. Dann bogen sie auf den Landweg hinter die Dünen. Es waren keine richtigen Dünen, die Küste war gegen die See in Klippen zerfressen, landeinwärts mit einer Sandschicht bedeckt, auf der in einzelnen Flecken eine Art scharfes, immergrünes Stachelkraut wuchs. Zu beiden Seiten zog sich das Land in flachen Wellen. Manchmal sah man ein Stück Meer. Das Rauschen war auch hier, es war noch ein andrer näherer Ton dabei: der Wind, der über das Kraut strich, wie über ein Reibeisen. Längs der Bucht war ihnen der Wind schief in die Gesichter gefahren, jetzt hatten sie ihn im Rücken und bekamen Lust zu sprechen.

Andreas sagte: »Das ist doch mal was andres, das möcht ich auch mal, so fahren, daß man wirklich wohin kommt und was sieht, nicht bloß wie wir, immer Wasser und Wasser und Wasser.« – Hull sagte: »Du wirst auch noch raus kommen, vielleicht schon im Sommer.« – »Jetzt möcht ich gar nicht heraus.« – »Hast wohl eine Liebste hier?« – »Ach ja, aber nichts Besondres. Ich will aber jetzt erst mal abwarten, wie das hier weitergeht.« – Hull sagte: »Wenn das hier aus ist, dann muß ich sehn, wie ich mich rausschlage und irgendwo unterkomme. Da kommst du mit, ja?« – Andreas sagte: »Ja.« – Hull fing an zu erzählen von draußen, Häfen, Straßen und Weibern. Andreas hörte erstaunt mit zu. Er sagte: »Das ist mal was andres als hier, ach Gott.« Er hatte plötzlich so einen scharfen Kummer, wie neulich, als ihn Kedennek aus dem Zimmer wegschickte. Er hätte Kedennek einen Tritt mit seinen Schuhen versetzen mögen, den Dünen einen Tritt und dem Meere, weil sie den Weg versperrten. Er dachte auch jetzt, das wird schon alles kommen, vielleicht schon dieses Jahr. Aber er wollte es gleich haben, nicht drauf warten. – Dann fing Hull von der »Alessia« an. Darauf erzählte Andreas, was ihm geschehen war mit dem Aufseher und dem Kapitän, es war nichts Besondres, aber doch ein wenig zu prahlen. Auf einmal hörte er auf und sagte: »Da liegt Elnor.«

Damals, nach der Versammlung in St. Barbara, waren die Leute auf dem Marktplatz zusammengestanden, und gegen Morgen waren die meisten aufgebrochen. Sie hatten gerufen: »Bis zum nächsten Mal!«, dann hatten sie sich getrennt in ungefähr zwei gleiche Haufen nach rechts und nach links, wie sie gekommen waren. Sie waren dann also nur noch eine halb so große Menge, und sie kannten sich auch alle unter sich, wie sie dann ein paar in Wyk abgegeben hatten, waren sie wieder etwas weniger, und zuletzt waren es nur ein paar wenige, die mißmutig über den langen, aufgeweichten Weg zwischen den Dünen in Elnor ankamen. Auf dem Markt in St. Barbara und auf dem ersten Teil des Weges hatten sie beständig von der Versammlung gesprochen, dann waren sie immer einsilbiger geworden, und denen, die in Elnor ankamen, erschien schließlich die Versammlung als etwas Weitzurückliegendes und nicht so schrecklich Bindendes. Dann hatten sich die Leute von Elnor nochmals verteilt, sie gingen in ihre Hütten, die lagen nicht an einem Weg, wie in St. Barbara, sondern einzeln in die Dünen geklemmt, dann aßen sie, waren noch nicht recht satt, dann war es am besten zu schlafen. Dann kamen Sturmtage, es war eine Mühe, vor die Tür zu kommen, nach Blé zu gehen, das war ganz zwecklos, dunkel und stickig dumpfte die Stube, dreimal am Tage duckte einen der Hunger vor den kahl gescheuerten Tisch. Die letzten Winter war immer einer schlechter als der andre gewesen, dieser war am schlechtesten, der nächste würde noch schlechter sein, da war nichts zu machen, der Speck schrumpfte immer mehr, der langte nicht mal bis Neujahr, das war wie es war. Der Sturm stemmte einem die Tür ins Haus, vor der Tür lag die Düne, und dahinter wieder eine Düne, und dann kamen nichts als Dünen, bis nach Wyk, ganz weit hinten lag St. Barbara, wozu sich versammeln?

Andreas sagte: »Da ist Elnor!« Da lief vor ihnen her eine kniehohe Mauer aus Steinbrocken, die trennte ein Stückchen Sand vom übrigen Sand, gegen den

Rücken der nächsten Düne lagen zwei Hütten. Elnor lag nicht in einem Strich wie Blé, sondern hier und dort in die Dünenspalten hineingestopft. Das gab ihm ein unordentliches, kernloses Aussehen. Andreas klopfte an eine Tür, eine Frau sah heraus und musterte sie erstaunt. »Wo sind die Männer?« – »Bei den Netzen.« Sie gingen. Einer drüben merkte, da kamen zwei Fremde. Sie hoben die Köpfe, jemand sagte: »Das is Andreas Bruyn aus St. Barbara.« Gleich darauf erkannten sie auch den Hull. Es gefiel ihnen nicht, daß er gekommen war. Sie ließen ihre Arbeit liegen und traten heran. Alle begrüßten ihn mit bösen zugekniffenen Augen. Barbara war weit weg, je weiter es in den Winter ging, je grauer der Sand wurde, je dichter der Regen fiel, desto weiter rückte es weg. Anstatt solche nutzlose Wege zu gehen, war es gescheiter, zu tun, was man jeden Winter tat, sich an die Netze zu halten und zu hungern. Die Leute standen höflich um Hull herum. Aber ihre Augen waren böse. Sie hatten sich damit abgefunden, daß Barbara weit weg lag, wozu kam dann einer doch her?

Hull sagte: »Wir haben hier durchgemußt, da wollte ich noch mal sagen, ihr müßt euch mit denen in Blé zusammentun, und alles gut durchsprechen bis zur nächsten Versammlung, daß wir wissen, woran wir sind.« Als Hull das sagte, kam den Leuten von Elnor Blé nicht mehr so schrecklich weit weg vor wie vor seinen Worten. Einer sagte: »Das ist gar nicht so leicht, wie Ihr denkt, die von Blé heranzuholen.« Sie redeten hin und her. Es regnete. Hull sagte: »Ist da bei euch nicht eine Schenke oder so was, wo man sich festsetzen kann?« Nein, so was gab's nur in Blé. Auf einmal sagte einer: »Bei mir ist ja jetzt leer, gehn wir runter.«

Ihm gehörte die Hütte, an die Andreas geklopft hatte. Die Frau sah auch jetzt heraus. Ihr Gesicht wurde dumm vor Erstaunen und Neugierde. Der Mann schob sie mit der linken Hand auf die Seite, mit der rechten winkte er die andren herein. Das war ein sonderbares Winken, es ging ihm stolz von der Hand, in seinem Herzen schämte er sich wohl sehr, all diese Leute in seine Stube zu lassen. Als sie mal alle drin waren, saßen sie schnell fest und kamen ins Reden. Als Hull und Andreas gingen, blieben sie noch lange sitzen. Es war ihnen vielleicht ihr ganzes Leben lang nicht mehr möglich, soviel zu reden, wie sie Lust hatten, und in einer Stube beieinander zu sitzen.

Der Weg nach Blé zog sich sehr in die Länge, der Sand war aufgeweicht. Sie schwiegen, Andreas dachte jetzt an die beiden Buben daheim, er hatte das ganze Zeug auf dem Tisch liegenlassen, das hatten sie jetzt verschleppt und vertan, es gehörte nicht einmal ihm, sondern Kedennek. Er sah Hull von der Seite an, der war nicht so verschieden von den Einheimischen, wie er gedacht hatte, er wäre besser nicht mitgegangen. Hull dachte: Das ist ein einfältiger Junge, warum habe ich mich an ihn gehangen, allein wäre besser.

Blé lag hinter einer Düne, in einer kleinen Grube, als ob das Land knapp wäre, so eng beisammen. Hier gab es einen Laden und darin einen Schenktisch. Hull hatte es eilig, zu trinken, er schüttete auch den Jungen voll. Die Leute kamen von selbst herein, hier ging es schneller als in Elnor. Jetzt war schon Nachmittag, der rechte Küstenwinter, die Gruben füllten sich mit Regen, daß die Hütten bald ertranken. Sie nahmen den Heimweg mit einem Bogen über Land, um durch Wyk zu kommen. Zuerst waren sie inwendig noch warm vom Trinken und Reden, dann kühlte es ab, der Regen weichte sie ein. Schließlich mußten sie sich mal in einer Mulde unterstellen, um auszuschnaufen. Es war die gleiche Mulde, in der sich damals die Leute auf dem Weg nach St. Barbara untergestellt hatten. Sie waren bis in die Knochen durchnäßt. Das war ein Regen, der den Körper durchweichte, wie Lappen, daß keine Steife mehr drin blieb, kein Halt und keine Starrheit. Es rauschte über der Mulde, ohne sich viel zu heben oder zu senken. Den Zornigsten hätte das Rauschen beschwichtigt, den Wildesten müde gemacht.

Andreas berührte Hull mit der Schulter. Andreas war stehend eingeschlafen. Er glitt leicht auf Hulls Seite. Hull legte den Arm um ihn und schlief gleichfalls ein. Als sie aufwachten, war Nacht. Sie kamen gegen Morgen nach Barbara, todmüde und steif vor Nässe.

Am Abend vor Weihnachten hatte Kedenneks Frau auf einmal Lust nach der Kapelle. Zur Kapelle – halbwegs nach Wyk – war es weit, niemand hatte große Lust danach, sie machten sich fertig. Auf einmal legte die Frau ihr Tuch noch mal weg, nahm einen Topf vom Brett und rieb ihn ab. Kedennek sagte: »Putz, wenn du heimkommst, mach zu.« Dann ging er mit den Kindern voraus. Kedenneks Frau seufzte und fuhr fort, an ihrem Geschirr zu reiben. Andreas hatte schon die Türklinke in der Hand, er sah mit zu, das kam ihm sonderbar vor. Schließlich sagte die Frau: »Hol mal die Katarina Nehr.« – Andreas ging weg, die Nehr war nicht mehr daheim, er holte sie aber ein. Die Kedennek legte sich in den Alkoven. Die Nehr setzte sich davor. Andreas hätte gern alles mitzugesehen, aber die Frau hatte sich tief drin verkrochen. Andreas wußte nicht recht, ob er bleiben oder gehen sollte, so stand er wieder an der Tür, die Hand auf der Klinke. Die Läden klapperten, Andreas dachte an Katarina Nehrs Schwiegermutter. Auf dem Tisch, genau unter der Lampe, stand der Topf, den Marie Kedennek blank gerieben hatte. Niemand fragte nach ihm, aber er blinkte.

Marie Kedennek seufzte und schrie auch manchmal in ihrem Loch. Andreas wünschte sich, sie möchte noch viel lauter schreien, aber sie hatte ihre ärgsten Schreie schon ausgestoßen und seufzte wieder. Katarina Nehr rief Andreas heran und gab ihm das Kind in die Hände. Nun dachte Andreas, daß es doch gut sei, daß er geblieben war. Er sah auf das Kind, es sah genauso aus wie das letzte von seiner Mutter, genauso rot und roh. Andreas dachte, daß es wohl genauso kurz leben würde, aber dieser Gedanke bedrückte ihn gar nicht. Inzwischen war mit Katarina Nehrs Besuch, mit Marie Kedenneks Schreien und mit der Geburt des Kindes doch mehr Zeit vergangen, als Andreas gedacht hatte. Kedennek kam schon wieder mit den Kindern zurück. Kedennek nahm Andreas das Kind aus den Händen, Andreas merkte ihm am Gesicht an, daß er genau dasselbe über das Kind dachte wie er.

Zu Neujahr langten die Frauen noch mal tief in die Töpfe, die Männer tranken sich noch mal voll, dann merkten sie, sie mußten gehörig zusammenhalten bis zum Frühjahr. Zweimal in der Woche brachten die Leute das Kleinzeug, das sie fingen, auf den Markt nach der Insel, dort gab es dienstags und freitags ganze silberne, glitschige Fischberge. Es lohnte sich gar nicht, aber man mußte doch etwas mit seinem

Boot unternehmen. Es regnete fortwährend, die Nässe drang einem in die Haut und in die Betten, die Luft schmeckte draußen nach Regen und drinnen nach Rauch. Bei Bruyk, neben Kedennek, geschah etwas Merkwürdiges. Bruyk trank eines Abends einen Kübel Wasser vor Durst, in der Nacht wälzte er sich hin und her, am Morgen hatte er Löcher in den Backen, gestern war er noch eine Kugel, am Abend ein Strich. Nachbarn kamen, um sich das anzusehen. Bruyk schwatzte allerhand Unsinn. Das, was er sonst nur nachts schwatzte, das schwatzte er jetzt am Tage. Sein Sohn käme an Ostern auf die Schule nach Port Sebastian, auf die Schule nach Port Sebastian, sein Sohn auf die Schule. Übrigens hatte sich Bruyk schnell erholt. In einer Woche war er schon wieder dick, es war zwar nicht die richtige Dicke, er hatte auch nichts Besondres zu essen, mehr wie mit Luft aufgepumpt, dünn war die Haut und schlug Falten. In derselben Woche wurden beinah in allen Stuben zwei oder drei schlapp, das war jedenfalls etwas Merkwürdiges, wohl eine Krankheit. Da aber die meisten mager waren, war nichts zu sehen. Diese Woche war es bei Desak leer. Die kamen, sahen ein bißchen anders wie sonst aus, in die Länge gezogen, verschwommen. Wer sich aufrappeln konnte, kam. Daheim in der Stube oder im Boot konnte man nicht immer an ein und dasselbe denken. Da gab es Hallo vorn und hinten oder Kindergeschrei. Droben konnte man sich ganz und gar in das hineinversetzen, was im Frühjahr bevorstand. Das tat gut, jeden Abend dasselbe zu hören und beruhigt heimzugehen.

Hull hatte den nächsten Postdampfer benutzen wollen, dann den übernächsten. Er war immer noch da. Jetzt beschloß er, den ganzen Winter über zu bleiben.

III

Kurz nach Ostern wurden in den ersten Häusern am Kai und am Marktplatz die Läden hochgezogen, am Gasthaus wurde der Turm der heiligen Barbara über der Tür frisch vergoldet, die Lagerhäuser öffneten sich und erwarteten die Dampfer, die den Winter über den Umweg nach Sebastian machten. Arbeiter, Angestellte der Reederei und Händler trafen ein. Es kamen auch Kapitäne, um die angeheuerten Leute anzuweisen. Seitdem sie von der Reederei ausgesucht wurden, wohnten fast alle den Winter über mit ihren Familien in einem Vorort von Port Sebastian. Am Hafen und auf den Schiffen wurde gearbeitet, wie jedes Frühjahr. Wie jedes Frühjahr wurde der Platz zwischen Kai und Mole für den großen Jahrmarkt hergerichtet: das Fest, bei dem die Fischer, wie der junge Bredel im Herbst gesagt hatte, ihren Vorschuß für Branntwein, Tanz und Lotterie ausgaben.

Es war nicht mehr weit bis Pfingsten. Noch keine einzige Bude war aufgeschlagen, bloß ein paar Kisten und Bretter waren schon aufgestapelt, da und dort sahen solche Kanten aus Zucker, Blech und Papier heraus, sonderbare Stücke einer unsinnigen wilden Freude, die es zum letztenmal und einzig und allein in St. Barbara zu verteilen gab.

Endlich waren die Zeltdächer ausgespannt, übereinander auf den Leisten blühten rot und grün die Gewinne, die Schwänze der Karussellpferde starrten, die ersten Takte setzten ein, die vor Glück verrückt und heiser klangen.

Die Leute zuckten zusammen, putzten sich, kamen herunter, gierig auf solche Happen von Freude. Kedennek kam auch herunter, er blieb hinter dem

Schießstand stehen, da hingen solche Happen, gelbe und rote Gewinne, Kedenneks bleierne Brauen entriegelten sich. Er legte zum erstenmal lächelnd die Büchse an, zielte, wer weiß, vielleicht würde um seinetwillen die hölzerne Mühle zu klappern anfangen – er schoß – nichts klapperte, seine Brauen zogen sich wieder zusammen. Kedenneks Frau, sie war wieder platt und dürr, schob sich gegen die Buden, streifte einen Tisch, da standen Uhren, Blumentöpfe und Vasen, die waren mit Reifen zu fangen, mir nichts, dir nichts konnte man so eine spitzige, glänzende Sache im Reif haben, sie wurde unruhig, berührte zaghaft ihren Mann mit ihrem Ellenbogen, man konnte drei oder sechs Reifen auf einmal haben, die hing man sich in den Arm, man brauchte sie nur nacheinander zu nehmen und zu schnicken. Sie bettelte leise, Kedennek, der wollte nicht oder hörte sie nicht, sie gingen vorbei, ihr Gesicht schrumpfte noch winziger und gelber, ein dünner, zorniger, klagender Laut kam aus ihrer Kehle.

Von einem vorüberfahrenden Dampfer aus konnte man abends die Lichter in grünen und roten Fäden ins Meer rieseln sehen. Sogar noch vor der Bucht gab es ein paar Tropfen Lichter im Meer. Das Wasser zersprenkelte sie, sie trieben weit weg, vielleicht auf die offene See, wie andrer Abfall von Schiffen und Dörfern, nach Norden oder nach Süden, irgendwohin.

Marie schlenderte auf der Mole herum mit zwei Freundinnen, die von der Insel zum Pfingstfest gekommen waren. Ein paar Burschen strichen um sie herum und nahmen schließlich die zwei mit. Marie dachte, daß es Zeit sei hinaufzugehen, sie ging um den äußersten Rand des Jahrmarkts herum, innen drehte sich das Karussell, Mariens Schultern hüpften.

Einer von den jüngeren Bredels, ein junger Reeder, der die Nacht im Gasthof schlief – es war üblich, vor der Abfahrt jemand aus Sebastian zu schicken –, hatte auch Lust auf die Lichter bekommen und trieb sich auf der Mole herum. Himmel, ist die dürr! dachte er und ging hinter Marie her. Marie drehte sich nach jedem Schritt um, ihre Schultern hüpften schneller. Der junge Bredel kam ganz dicht an sie heran. Er war von der gleichen Rasse wie alle hierzuland, lang und kräftig, Kinn und Backenknochen in einem länglichen Dreieck. Marie ging schneller, sie kamen auf den steilen Weg zwischen den Hütten, der junge Bredel tippte ihr an den Rücken und redete in sie hinein, Marie erwiderte nichts und ging immer noch schneller, der junge Bredel wiederholte seine Bitte, Marie drehte sich lachend um, mitten in ihren lachenden Augen gab es zwei winzige, starre Pünktchen, die Bredel gefielen, weil er sie für Lust hielt. Jetzt waren sie aus den Hütten heraus, der Weg führte kahl über die Höhe, drunten war das Meer und sonst nichts, über ihnen war der Himmel zwischen Tag und Nacht, müde, soviel Regen zu halten. Marie lief schneller, sie liefen eine Weile nebeneinander. Bredel sah geradeaus, er erblickte jetzt erst die Schenke am Ende des Weges. Da hockte sie, die Nässe lief in Streifen an ihr herunter, ihre Augen glimmten. Bredel bekam Lust auf Hell und Warm, jetzt waren sie da, Marie stieß die Tür auf. Drinnen war es nicht hell und nicht warm, von der Decke hing das Licht, auf den Bänken und hinter den Tischen lagen ein paar herum, vielleicht auch viele, er konnte es nicht erkennen. Marie wollte an ihm vorbei, er wachte auf, hielt sie zornig am Arm. Marie drückte sich lachend mit den Knien ab, hörte plötzlich zu lachen auf und sagte ganz außer sich vor Wut: »Mach, daß du heimkommst, Bredel, hörst du, hol dir eine von deinen Stadtfliegen, die sich auf jedes Geschmeiß setzen.«

Ringsherum lachten sie, er merkte jetzt, es waren viele, er wurde überhaupt jetzt erst ganz wach, er spürte einen durchdringenden Geruch, er kannte ihn von Kindheit an, er war in Sebastian und in St. Barbara, über allen Häfen und Schiffen, nur verdünnt, aber hier war er in seiner ganzen Schärfe, als ob er zwischen diesen vier Wänden seinen Ausgang nehme. Bredel fühlte einen so heftigen Ekel, daß er fort wollte. Da wurde gerade die Tür geöffnet, einer aus St. Barbara kam, erblickte Bredel, stutzte, stellte sich sofort mit dem Rücken gegen die Tür, die Hand auf der Klinke. Er hieß Nyk, war klein und hager, seinen langen, gleichsam ineinander verschlungenen Armen, die etwas von der verborgenen Zähigkeit und Straffheit von Gummibändern hatten, sah man ihre zähe Stärke nicht an. Bredel verstand sofort, daß dieser Mann etwas Besonderes mit ihm vorhatte. Er versuchte aber an ihm vorbeizusehen, durchs Fenster, da gab es zwei größere und darüber zwei kleinere Vierecke Meer und Himmel, es war noch gar nicht Nacht, wie man drunten auf dem Jahrmarkt hätte meinen können. Alles war leicht gelb gefärbt. Nyk sagte: »Bist du der, der im Herbst gesagt hat, die Fischer brauchten gar nicht zu hungern, wenn sie ihren Vorschuß nicht auf dem Fest vertrinken würden?« Bredels frisches, junges Gesicht zog sich vor Verachtung zusammen. Er erwiderte nichts und sah zum Fenster. Nyk starrte ihn an, er sah in diesem Augenblick dasselbe, was Bredel sah, in Bredels Pupillen sah Nyk winzig klein, aber ganz genauso dieselben Vierecke gelblichen Wassers und Himmels. Nyk kam einen Schritt näher, Bredel sagte plötzlich verzweifelt: »Das war nicht ich, sondern ein andrer.« – »Weil du ihm so verteufelt ähnlich siehst«, sagte Nyk, schwenkte einen Arm und ließ seine Faust wie ein an einem Riemen befestigtes Bleigewicht auf Bredels Schulter fallen. Bredel schwankte. Aber Nyk, ohne sich von der Stelle zu rühren, nur durch die Länge seines Armes, schlug noch einmal und noch einmal. Bredel wiederholte, während er zusammenbrach, in einem fort: »Das war nicht ich, der das gesagt hat, sondern ein andrer.«

Seitdem Nyk eingetreten war, war es still geworden. Es war auch nachher noch eine Weile still. Schließlich kletterte der Wirt auf den Tisch und schraubte am Licht. Es wurde etwas heller, der junge Bredel lag auf dem Boden, er hatte einen Schlag gegen die Brust und gegen die Schläfe und blutete etwas. Nyk, dessen Glieder jetzt wieder friedlich ineinander verschlungen waren, trat dicht heran und maß den am Boden liegenden Bredel mit einem ebenso unbestechlichen Blick wie zuvor den stehenden. Dann lehnte er sich wieder an die Tür.

Unter den Köpfen, die der junge Bredel verschwommen im Dunkeln gesehen hatte, war auch Hulls Kopf. Bredel hatte nicht wissen können, daß hinter ihm im Dunkeln jemand saß, der genau wie er selbst auf das sonderbare Ereignis wartete, das ihm, Bredel, bevorstand. Hull hatte nicht nur die letzten zehn Minuten, sondern die letzten Wochen gewartet. Es war unmöglich, länger zu warten. Hull hatte den jungen Bredel eintreten sehen. Nyk war nachgekommen, er war einen Schritt näher gekommen, hatte den Arm gehoben, Hull hatte gewußt, jetzt kommt es, dann ist es geschehen, Hull fühlte Erleichterung, ausgelassene Freude.

Hull stand auf und ging unters Licht. Er sagte: »Packt an!« Nyk bückte sich widerwillig, als ob er einen Befehl erhalten hätte, aber irgendein andrer stieß ihn auf die Seite und faßte den jungen Bredel um die Hüften. Sie faßten ihn zu zweit, hoben ihn auf die Schultern und trugen ihn hinaus. Die andren gingen nach, es war ein knappes Dutzend. Sie kamen zwischen die Hütten, niemand war daheim, hier im Freien war es immer noch nicht ganz Nacht, die Pfosten waren zu unterscheiden, Kegel und Kreuze. Als sie um die Wegbiegung kamen, sahen sie drunten ein Stück Kai, bunt gewürfelt von Lichtern, man hörte auch Schießbudenknalle.

Hull ging hinter Nyk. Auf Nyks hagerem lässigem Rücken hingen die Beine des jungen Bredel herunter und pendelten locker gegen Nyks Schultern. Sie steckten in geschnürten Stiefeln, deren Absätze aus einem Hull unbekannten Material waren. Unwillkürlich horchten alle nach dem Kai hin.

Unten am Weg trafen sie Kedennek. Kedennek sah auf, schickte die Frau heim und schloß sich an. Sie kamen über den Marktplatz. Sie hielten vor den Büros, aber da war alles dunkel. Hell erleuchtet war das Gasthaus, von oben bis unten, da war jetzt alles zusammen, was es an Angestellten, Beamten und Kaufleuten in St. Barbara gab. Sie blieben eine Minute vor der Tür stehen, dann machte einer, dem das Warten zu lang dauerte, die Tür auf, ein paar drängten nach.

Von drinnen hörte man jemand rufen, was es denn gäbe. Nyk begann langsam den jungen Bredel von seinen Schultern zu lassen. Irgendein Angestellter kam heraus. Die Fischer riefen ihm zu, er sollte Leute von der Reederei herschicken. Nyk sagte: »Wir wollen den nicht, schickt einen andren!« (Später hieß es, daß Nyk bei den Worten gelacht hätte, aber das stimmte nicht. Im Gegenteil, seine Stimme klang ganz verdrießlich.) Nyks Vordermann rief: »Schickt einen andren! Wir wollen drei Fünftel Anteil bei sieben Pfennig das Kilo!«

Der junge Bredel wurde ins Haus geschafft. Dann wurden von innen die Türen verriegelt und die Läden heruntergelassen. Die Fischer riefen: »Drei Fünftel Anteil!« Zuerst riefen sie durcheinander, aber dann kam Ordnung in ihre Rufe. Aus allen Stimmen hörte man Kedenneks Stimme am lautesten. Bis in die innerste Kammer des Hauses mußte man Kedenneks Stimme rufen hören. Mächtig und mühlos kam sie aus seinem Brustkorb. Die Fischer wunderten sich, sie hatten noch gar nichts von Kedenneks Stimme gewußt. Hull stand noch immer hinter Nyk. Jetzt war es so dunkel, er hätte Bredels Absätze nicht unterscheiden können, auch wenn sie noch dagewesen wären. Er rief gleichfalls. Ein paar junge Leute, die am äußersten Rande des Jahrmarktes herumgingen, hörten die Ruferei und kamen nach dem Platz. Der Haufe wurde immer größer. Der Jahrmarkt leerte sich. In kurzen gleichmäßigen Abständen dröhnten ihre Rufe gegen das verschlossene Haus. Aber das Haus antwortete nicht, ihre Rufe wurden heiser und durcheinander. Der Platz war schwarz von Menschen. Männer und Weiber, die durcheinander schrien und wimmelten. Hull kam der Gedanke, daß er jetzt etwas unternehmen müsse. Er erschrak. Jetzt wäre er lieber unter den vielen geblieben, unbeachtet. Er kletterte auf Nyks Rücken. Gleich gab es einen Kreis um Nyk herum, um dessen Hals Hull seine Beine gedreht hatte. Hull begann zu reden. Er sagte, was er schon auf der Versammlung gesagt hatte: Beieinanderbleiben, kein Schiff herauslassen. Die Leute hörten ihn vollkommen schweigend an. Es war ihr einziger Wunsch, eben diese Worte zu hören. Auch Hull hatte keinen andern Wunsch, als immer dieselben Worte zu wiederholen. Hulls Stimme war nicht so dröhnend, wie zum Beispiel Kedenneks Stimme. Sie versetzte aber jeden, der sie anhörte, in Erregung, erweckte in jedem etwas wie Hoffnung. Sogar in Hull selbst erweckte der Klang seiner eignen Stimme etwas wie Hoffnung. Es kam ihm vor, als stünde er drunten unter den vielen Menschen und betrachtete verwundert und erregt jenen Menschen, der auf Nyks Schultern geklettert war, berauscht und sorglos, ohne an das Ende zu denken.

Am selben Abend saß Andreas in der Stube unter dem Licht, das an seinem dünnen Draht leise schwankte, als wäre es an der Decke der Kajüte angebracht. Gegen Ende des Winters waren die Kinder krank gewesen. Was das Kleine anbelangte, so war die Brust von Kedenneks Frau so kläglich und hölzern, daß es wie ein Wunder erschienen wäre, wenn das Kleine etwas hätte heraussaugen können. Dieses Wunder trat ja auch wohl nicht ein. Das Kleine, gelb und verhutzelt in seiner weißen Haube, hatte schon jetzt eine widerliche verblüffende Ähnlichkeit mit seiner Mutter. Ohne irgendeinen Grund, denn er hatte gar keine besondre Liebe für das Kind, hatte sich Andreas in den

Kopf gesetzt, das Kind unter allen Umständen am Leben zu erhalten. Gleich am Anfang, in den schlechtesten Wochen, als die Schafe trocken standen, hatte er sich für das Kind die merkwürdigsten Nahrungsmittel ausgedacht. Das Kind war jeden Monat einmal nahe daran, zu sterben, aber dann verdoppelte Andreas seine Beharrlichkeit und empfand der Familie gegenüber eine Art Schadenfreude.

Heute abend war Kedenneks Frau wild auf den Jahrmarkt, sie hatten Andreas geheißen, daheim zu bleiben, heute abend sei noch nichts Besondres los, der Hauptrummel begänne erst morgen. Andreas wartete schon stundenlang zornig auf ihre Rückkehr. Er fühlte eine doppelte Schande, daß man ihm befehlen konnte, zu bleiben, und daß er wirklich blieb. Da hatte er ein Mädchen aus St. Blé gesehen, eine runde, braune, die hatte er holen wollen, es war gut, eine feste Geliebte zu bekommen. Nur konnte er nicht weg. Es war wahr, daß das Hauptvergnügen erst morgen anfing, aber schon heute gab es alles mögliche zu erleben, das hatte er nun für immer versäumt, gestohlen hatten sie ihm den Abend, was brauchten sie, die Alten, den Jahrmarkt, der war für ihn, den Jungen. Er wartete. Er hörte Schritte den Weg herunter. Das waren wohl die aus der Schenke, die kamen später. Die Schritte gingen vorbei, Andreas wurde noch einsamer, zorniger. Es wurde Nacht, Andreas wunderte sich, daß Kedenneks immer noch nicht kamen, die waren ja unersättlich, er fing an, sie zu hassen. Er ging vor die Tür, da merkte er, auf dem Kai war es still, vom Markt her kam ein unbekannter Lärm, er horchte, was das wohl sein mochte. Er ahnte, was drunten vorging. Er war beinah verzweifelt. Er war also nicht von allem Anfang an dabeigewesen, gerade er nicht, der am meisten dazugehörte. Er dachte an Hull, der war sicher dabei, aber auch er hatte nicht daran gedacht, nach ihm, Andreas, zu schicken, Andreas ging wieder in die Stube zurück. Er haßte das Dach, er haßte die kranken, schlafenden Kinder, nie im Leben wollte er solche Kinder, derenthalben man daheim in der Stube sitzen mußte. Er ging wieder hinaus, endlich sah er an der Ecke einen Schatten – Kedenneks Frau Sie nickten sich zu, er ging gleich weiter.

Wie er hinunterkam, war schon alles vorbei, alle hatten sich zerstreut. Andreas stand auf dem großen, weißen Platz, ratlos und hungrig. Das dunkle Haus blinzelte durch die Ritzen der herabgelassenen Läden, wie jemand, der sich schlafend stellt. Andreas hatte die heftigste Lust nach viel Licht, nach viel Freude. Er machte kehrt, er lief den Berg hinauf. Droben war es jetzt wieder gestopft voll. Die Stimmen gingen hin und her, dazwischen gab es ein beinah erschöpftes Schweigen. Es war tief in der Nacht. Andreas vergaß schon auf der Schwelle seinen Kummer. Hier war alles, was er sich wünschte, etwas Helligkeit, Gefährten. Er drückte sich irgendwo dazwischen und horchte. Morgen sollten die Fischer Vorschuß nachfordern. Dann sollten sie sich gemeinsam weigern, zu den alten Bedingungen an Bord zu gehen. In seinem Herzen war eine kindische, funkelnde Freude, als ob ein großes Fest endlich zustande käme. Das Fest war der Abschluß von allem. Vollpumpen mußte man sich bis dahin. Andreas saß still da. Sein Kopf senkte sich so weit nach links, daß er schließlich an der Schulter des Nebenmannes lehnte. Das war einer von der »Veronika«, ein hagerer, mürrischer. Andreas gefiel er jetzt gut. Schließlich stand

Andreas auf. Er hatte Lust, zuzupacken, aufzustampfen. Er endigte in dieser Nacht auf Mariens Bett. Vor der Treppe stieß er noch mit irgendeinem jungen Burschen zusammen. Sie beschimpften sich, schlugen aufeinander. Andreas warf ihn mit wenig Mühe hinunter. Er lachte über den, der sich ihm in die Quere stellte an einem solchen Vorabend. Marie wollte ihn bald wegschicken, aber er ließ nicht locker.

Es war schon voller Morgen, da lief er auf den Kai. Dort war es noch schöner, als er sich vorgestellt hatte. Er lief so leicht, sein Kopf war leicht, er hatte sich etwas übertan bei Marie, er hatte nur ein paar Pfennige in der Tasche, aber gleich beim ersten auf das Mühlrad gezielten Schuß fing es zu klappern an, drei freie Schüsse; leicht flogen ihm die Ringe über die Gewinne; da hatte er so ein komisches Ding aus Kupfer, er schenkte es der Kleinen, die dieses Jahr seine Geliebte sein sollte, sie war so rund und braun wie eine Nuß und roch auch so, aber jetzt hatte er keine Geduld für sie, vielleicht weil sein Körper liebessatt war. Alle um ihn herum waren ebenso erregt wie er. Sie liefen alle kreuz und quer, schossen, spielten mit gerunzelten Stirnen. Drunten in Barbara, hieß es, sei allerhand los, zwischen Sebastian und Barbara fuhren sie hin und her, warteten auf Bescheid. Eben jetzt sei wieder ein Dutzend Leute vor das Gasthaus gezogen und schrie: »Drei Fünftel Anteil!« Andreas fiel es ein, daß er seit drei Tagen Kedennek nicht mehr gesehen hatte. Er lief jetzt auch auf den Platz, der Haufe war dort schon größer geworden. Andreas erblickte von weitem Kedennek, er hörte auch seine Stimme, wußte gleich, daß diese Stimme Kedennek gehören mußte, und wunderte sich. Am Abend tropften von neuem die Lichter vom Kai ins Wasser. Andreas kannte das ganze Jahr über keine andren Lichter, als das von der Decke der Kajüte oder der Schenke oder Kedenneks Stube herunterbaumelte. Verwirrt und glücklich lief er mit rot- und grünbesprenkeltem Gesicht und Rücken hin und her. Die Freude, die er die ganze Zeit an einer bestimmten Stelle zwischen seinen Rippen gespürt hatte, fing an, ihn zu drücken.

Am folgenden Morgen teilten die Fischer der »Veronika« ihrem Kapitän ihren Entschluß mit, nicht auszufahren. Gleichzeitig gaben die übrigen Fischer ihre Erklärung ab. Der Kapitän der »Ursula« war Adrian Six. Unter seinen Leuten gab es drei, vier gleichaltrige Burschen, die waren die unzufriedensten, immer war Unzufriedenheit und Ärger auf Adrians Schiff, als ob er solche Keime von Mürrischkeit und Langeweile in dem Kragen seines viel zu langen, verlegenen Halses mit herausnähme. Die ganze Besatzung freute sich darauf, Adrian an diesem Tage zu erblicken, mürrischer und verlegener denn je. Aber sie kamen nicht auf ihre Kosten. Adrian hatte nämlich längst auf diese Erklärung gewartet. Er erklärte ruhig und vernünftig, daß er die Erklärung weitergäbe; was ihn für seine Person anbelange, so sei er bereit, seinen Anteil gemeinsam mit der Besatzung zu regeln. Den Fischern tat es eigentlich leid, daß sie Six nicht verprügeln konnten, wie zum Beispiel den Alten von der »Marie Farère«. Sogar heute war er mürrisch und langweilig.

Am Hafen war ein ebensolches Leben wie sonst an Ausfahrtstagen. Auch heute waren Frauen und Kinder aus umliegenden Dörfern da, die ihre Männer an die Schiffe begleiteten. Man rechnete wohl auch mit einer Ausfahrt in etwa zwei Tagen. Die Männer standen in kleinen Gruppen nach Besatzungen herum und beredeten ihre Forderungen. Der Westwind, welcher den Frauen die Haubenzipfel gegen die Wangen schlug und draußen auf dem Meer die Kämme der Wellen zurückstrich nach der Richtung, aus der sie kamen, trieb ihre Gedanken unter den Worten weg, heraus aus der Bucht. In zwei Tagen spätestens, hieß es, würden sie fahren auf neue Tarife. Die hinter der Grenze würden es nächstes Jahr nachmachen.

Am Nachmittag wurde in St. Barbara angeschlagen, die Besatzungen sollten je einen wählen und zur Vereinbarung in das Reedereibüro schicken. Die Fischer traten zusammen und wählten schnell ohne viel Widerspruch. Sie sammelten sich vor der Tür. Die Gewählten traten ein. Der Reedereiangestellte war ein Fremder, ein älterer Mann mit einer Brille. Er erhob sich hinter seinem Pult und fing zu sprechen an, höflich und mit so leiser Stimme, daß alle an ihn herantreten und sich völlig still halten mußten, um ihn zu verstehen. Die Gesellschaft der Vereinigten Bredelschen Reedereien sei bereit, mit ihnen zu verhandeln. Der Vorfall mit dem jungen Bredel veranlasse sie, keinen Vertreter nach St. Barbara zu schicken. Inzwischen aber sollten die Fischer aus den benachbarten Orten nach Hause gehen, da bis zur Vereinbarung in Sebastian und bis zur Ausfahrt noch einige Tage vergehen würden.

Die Leute kehrten zu ihren Gefährten zurück und besprachen sich. Einige sagten, man solle sich erst mal oben versammeln und den Hull fragen, aber die meisten wollten auf der Stelle wählen, damit alles im Fluß bliebe. Sie wählten also drei, die fuhren noch mit dem Abenddampfer nach der Insel und von da nach Sebastian. Im Lauf des nächsten Tages verließ ein Teil der Schiffer St. Barbara, es wurde jetzt wieder stiller.

Die Suppe, die auf Kedenneks Tisch stand, war so dünn, daß es beinah ein Vorwurf für die beiden erwachsenen Männer war. Die Sonne, die draußen hinter den Hütten unterging, machte rote Flecken auf den Scheiteln der Kinder, auf der Wand und auf dem Fußboden. Das Kleine schlief, es war still, nur die Löffel schrappten. Vorhin war Kedennek mit seinem Nachbar Bruyk heimgegangen, Bruyk hatte gesagt: »Kedennek, du bist doch immer einer von den schlausten, daß du bei so was mittust.« Kedennek hatte nichts erwidert, Bruyk fuhr fort: »Solche Sachen haben immer großartig angefangen und schlecht aufgehört. Port Sebastian? Ach was! Wart mal ab, was übrigbleibt bis zum nächsten Winter.« Kedennek blieb plötzlich stehen und lachte laut auf. Bruyk fuhr zusammen. Bruyk sagte nichts mehr, sie gingen in die Häuser. Sie saßen noch bei Tisch, da sprang Andreas plötzlich auf. Gleichzeitig klopfte es, das war Hull. Kedenneks Frau bückte sich über die Schüssel, die Kinder starrten Hull an, Andreas starrte ihn an, Kedennek. Ob er sich setzen könne? Ja, das könne er. Sie boten ihm zu essen an – es war noch etwas Suppe im Topf –, er weigerte sich, da forderte ihn Kedennek selbst barsch auf, zu essen, er aß, dann fragte Hull, ob er hier schlafen könne. Sie sahen ihn an, Hull sagte: »Das ist nicht gut, wenn ich immer da oben hocke, die wissen jetzt, daß ich da bin, das ist nicht mehr unter uns, da komm ich vielleicht hier etwas unter.« Kedennek sagte: »Ja, warum nicht?«

Die Kinder sahen Hull starr an, da ist er endlich, der Fremde von draußen, der Gast. Andreas sah ihn von der Seite an, seine Augen glänzten, da ist er also selbst doch noch bei uns mittendrin. Obwohl Kedennek seinen Blick fest auf Hull gerichtet hatte, war es dem doch, als ob er durch ihn durchsähe auf irgendeinen Punkt hinter Hulls Rücken. Das war aber nicht so, Kedennek dachte, da ist er selbst also doch noch bei mir an meinem Tisch. Kedenneks Frau betrachtete mißtrauisch Hulls Jacke.

Die Kinder wurden zu den Eltern gelegt, Andreas legte sich auf die Bank, Hull bekam den Alkoven. Das Licht wurde ausgemacht; als ob erst jetzt alle Geräusche ein Recht hätten, hörte man erst jetzt das dünne Pfeifen des Säuglings und draußen den Wind nicht eben starr, aber doch gleichmäßig eine lose Planke gegen die Mauer schlagen. Dann hörte man die Kinder atmen, dann Andreas, dann die Alten. Es war gut, hier zu schlafen, Hull schlief ein, noch im Einschlafen hörte er, wie sein eigner Atem sich mit dem der andren vermischte.

Droben hatte der Wirt einen jungen Kaufmann, bei dem er Bestellungen auf Schnaps, Zucker und Kaffee zu machen pflegte, in Hulls Loch gelegt. Das Fest war zu Ende, in den stillen Tagen darauf pflegte Desak seine Einnahmen und Ausgaben zu berechnen. Er, Desak, war in seinen allerersten Zeiten auf der See gewesen, dann war er drüben in einem Hafenlogis hängengeblieben. Dann war er an der Küste geblieben, mal da, mal dort. Seine Frau war eine Einheimische gewesen, ihr erster Mann hatte sich zu dem Laden einen Ausschank eingerichtet. Die Frau war es auch gewesen, die von einem Ausflug nach Docrere, einem Hafen westlich von Sebastian, diese Marie von einer Bekannten mitgebracht hatte zur Hilfe für Schenke und Laden. Seitdem pflegte Marie, wenn sich nichts Besseres fand, im Winter hier unterzukommen. Sie war recht dürftig geblieben, die paar Handvoll Fleisch und Knochen, die man für ihren Körper aufgewandt hatte, mußten immer noch ausreichen. Nachdem Desak seinen Laden umgeräumt und seine Zahlen zusammengeschrieben hatte, entdeckte er, daß ihn Marie, genau wie jedes Jahr, bestohlen hatte. Er rief sie herunter, sie kam wie jedes Jahr, blinzelnd, mit vorgeschobenem Kinn, fing gleich an, auf Desak einzuschimpfen. Desak packte sie am Haar, schlug zu, gleich heulte Marie los, ein ganz besondres Heulen, das sie nur einmal im Jahr bei dieser Gelegenheit heulte. Es war weich und dünn, machte dem, der schlug, Lust, noch mehr davon zu hören. Desak schlug und schlug, jetzt war er im Zug, er hörte erst auf, als Mariens Heulen leise und langweilig wurde. Marie schnaufte und schluckte, machte sich klein in einem Winkel, stellte sich elender, als sie war. Desak klopfte sie lachend gegen das Schulterblatt, es stand etwas vor, die Bluse war an dieser Stelle etwas abgeschabt, brummte und rupfte sie. Zuletzt blieben sie zusammen bis zum Morgen, da kam der junge Kaufmann herunter und wollte Kaffee.

Schon am nächsten Abend hatte es geheißen, daß die Leute mit einem neuen Kontrakt auf dem Heimweg von Sebastian seien. Die Männer sagten ihren Frauen, daß alle kommenden Winter anders als die bisherigen verlaufen würden. Sie sagten nicht, worin dieses anders bestand, aber alle, die es hörten, dachten sich etwas andres darunter, die Frauen, die Kinder, sie selbst. Alle sprachen von dem neuen Kontrakt, auf dem Markt, auf der Insel stieg das Kilo Kleinfleisch um zwei Pfennige in der Woche, die Kinder waren auch lustig. Einmal hieß es, daß der neue Dampfer die Leute zurückbrächte, alle waren auf dem Steg. Aber niemand kam, die Woche verging ohne Nachricht, die Suppe wurde dünner, die Weiber ungeduldiger, jetzt war es schon Zeit, daß die Männer ausfuhren, sowieso waren draußen die besten Fischplätze weggenommen. Der Wind, der vom Lande her faden Sommerregen vor sich her trieb, drückte verstört gegen die Schiffe im Hafen, die von einer unsichtbaren Zauberkraft festgehalten wurden, die stärker zu sein schien, als er selber.

Der Wirt machte eine große Bestellung, wie sonst nur auf den Winter, er schenkte auf Kredit aus, jeden Abend war die Schenke voll, es war, als ob das Dorf an einem geheimen Kummer litte, gegen den man ein bißchen trinken mußte. Hull ging meistens mit Kedenneks nach Hause. Andreas saß, die Hände auf den Knien, neben seinem Onkel; er sah in seinem braunen Gesicht etwas stiller und müder aus, vielleicht hatte er wieder einen Ruck getan, vielleicht hatte ihm die Kleine aus St. Blé einen Vorschuß gezahlt.

Eines Morgens kam die Nachbarin, Katarina Nehr, klopfte und setzte sich. Aber Katarina Nehr sagte eine Weile gar nichts, dann sagte sie: »Ob Franz Nehr wohl zurückkommt?« – Marie Kedennek sah die andre scharf an. Katarina Nehr war noch jung, saftig und nicht so ausgemergelt wie die andre; deshalb hatte Marie Kedennek sie auch nie leiden können. Sie konnte auch nicht verstehn, wie das ein

Mensch fertigbrachte, einfach zu klopfen und sich hinzusetzen und den Mund aufzutun. Aber das waren auch freilich sonderbare Tage. Sie erwiderte: »Warum soll er nicht wiederkommen?« – Katarina Nehr nickte, dann ging sie. Offenbar war sie wirklich nur gekommen, um ihre Befürchtung auszusprechen. Abends erzählte die Kedennek von ihrem Besuch. Ihrem Mann konnte sie nichts erzählen, aber Andreas. Andreas erzählte es am Hafen seinen Freunden. Bald sagten sie im Dorf: Da muß was los sein. Warum sind die noch nicht zurück? Wenn die nur wiederkommen? Die volle Woche verstrich. An einem Samstag kamen ganz unerwartet mit dem Frühdampfer drei von den Abgeschickten wieder. Sie waren ursprünglich vier gewesen, zwei aus St. Barbara, zwei aus den Ortschaften. Die beiden Auswärtigen hielten sich nicht auf, sondern gingen gleich zu Fuß weiter. Der dritte, Michel Pedeck aus St. Barbara, ging zu seiner Familie. Er traf schon unterwegs Kameraden, denen er alles erzählte.

Sie waren gleich ganz anders aufgenommen worden, als sie sich gedacht hatten. Kurz nach ihrer Ankunft hatte man sie alle in ein Verhör genommen. Am Mittag des vorletzten Tages war Franz Nehr verhaftet und in die Hauptstadt gebracht worden. Er wurde in die Angelegenheit mit dem jungen Bredel verwickelt. Er war an jenem Abend droben in der Schenke gewesen. Es hatte zwar eine Versammlung stattgefunden, die war aber aus irgendeinem Grund nicht beschlußfähig gewesen. Sie kehrten eigentlich unverrichtetersache wieder.

Es war ein weicher, grauer Tag, Landwind, man sehnte sich danach, Salz auf der Zunge zu schmecken. Land und Meer waren mit Staub bedeckt, der Wind war irgendwo beerdigt, die Leute hatten keine Lust, Lärm zu machen. Nur die Vögel schwatzten, die vom Regen dicht auf die Klippen gedrückt wurden. Drunten am Hafen war alles wie sonst, kein besonders großer Betrieb, aber doch Hin und Her, drei, vier Dampfer um Mittag; von den Stegen fuhren rotgestrichene, vom Regen streifige Kisten zu den Lagerhäusern über den Fischmarkt. Die Häuser öffneten ihre Stirnen, in der Stirn erschien der Geist des Hauses – im dunklen Viereck stemmte sich ein nackter Oberkörper vor und zurück, vor und zurück, während der Strick ächzend über die schlechtgeölte Rolle lief.

Gegen Abend kamen ein paar Fischer von ihrem Berg herunter, bald waren fast alle drunten, starrten, als ob heute abend besondere Kisten an besonderen Stricken verladen würden. Dann war Feierabend, die Arbeiter marschierten zu der Fähre, die brachte sie auf die Insel zurück, nur ein kleiner Teil blieb in St. Barbara. Zwischen ihnen und den Fischern gab es wenig Bekanntschaften, die Arbeiter hatten ihren eigenen Ausschank drunten an der Bucht. Jetzt starrten ihnen die Fischer nach, als ob sie etwas Besonderes auch von ihnen zu erwarten hätten.

Rund um den Platz gingen die Lichter an. In den Büros wurde noch gearbeitet. Die Fischer blieben. Sie standen so dicht beieinander, daß sie auf dem großen, weißen Platz nur wie ein kleiner Hauf erschienen. Eine Bürotür öffnete sich, jener weißhaarige Angestellte mit der Brille kam heraus, um hinüber ins Gasthaus zum Abendessen zu gehen; er ging ein Stück in den Platz, sah etwas Dunkles, Geschlossenes, erblickte jetzt erst die Fischer, zögerte, kehrte wieder um. Die Fischer sahen ihm nach, auf einmal riß sich einer los, er gehörte zur Mannschaft von Six und lief dem Alten nach. Der beeilte sich, gelangte noch in die Bürotür, riegelte sie von innen zu, ließ die Läden herunter. Der junge Bursche schlug mit den Fäusten gegen die Läden, winkte seinen Gefährten, die schlugen auch los, die Läden krachten, alle miteinander fielen ins Büro. Der Alte war hinter sein Pult geschlupft, sie zogen ihn herüber, schwenkten ihn, riefen: »Du hast unsere Kameraden nach Sebastian geschickt!« Er erwiderte mit seiner gewöhnlichen leisen, jetzt etwas zischenden Stimme: »Ich muß tun, was man mich heißt.«

Sie stießen ihn gegen die Wand, vergaßen ihn, stürzten weiter. Gleich hatten sie das Pult, die Läden, die Schränke in Stücke zerrissen, die Papiere zerfetzt und verbrannt. Sie rissen und wühlten so verzweifelt, unbeirrt und beharrlich, als ob man ihnen etwas gestohlen hätte, etwas Wichtiges, Unersetzliches, das sie um jeden Preis hier wiederfinden mußten. Wie eine Frau, blindlings und verzweifelt, alle Schubladen, das ganze Haus verwühlt, und schließlich nur wühlt, um zu wühlen, so zerzausten und zerfetzten sie in einem Augenblick Möbel, Bücher und Menschen. – Es war schon mindestens eine halbe Stunde vergangen, da entdeckten sie den Alten, der sich hinter dem Pult zusammengekauert hatte. Alles war zerrissen, auch die Fischer waren zerfetzt und bespritzt, aber der Alte hatte noch alles reinlich beisammen, seinen Kragen, seinen Bart, seine Brille. Einer faßte ihn an der Schulter, ein andrer versuchte ihm die Hand aufzupressen. Er hatte etwas darin, es war ein Schlüssel zu einem Schrank, der längst zertrümmert war. Er preßte, zerrte seinen Arm, der Alte fing leise zu lachen an; sein Lachen war so widerwärtig, daß die beiden Fischer ihn gleichzeitig fallen ließen und an etwas andrem zerrten. Mitten unter andren Sachen lag jetzt die Brille des Alten auf dem Fußboden. Ein Glas war in winzige Stückchen zersplittert, das andre war zufällig unversehrt geblieben und sah von unten in die Luft, wie ein blödes, blankes, gleichmütiges Auge.

Sie hörten erst auf, als sie erschöpft waren. Aus den zerbrochenen Lampen tropfte das Licht in die Papierhaufen, rieselte in die Lagerhäuser und schlug vom Boden in die Luke. Die graue, eintönige Luft saugte sich voll, gierig auf so viel Rot. Das Feuer erlosch von selbst, teils weil es zwischen den steinernen Wänden der Giebelhäuser eingeengt war, teils weil der gewöhnliche Nachtregen stärker einsetzte.

Die meisten waren noch in die Boote gegangen, um die Dunkelheit für den Fang auszunutzen – morgen war Markt auf der Insel –, die übrigen gingen hinauf. Kedennek ging auch hinauf, Hull ging hinter ihm, sie sprachen nichts miteinander, legten sich wortlos schlafen. Hull schlief noch immer bei Kedennek. Er wurde noch immer nicht gesucht, das Dorf hatte sich um ihn herum geschlossen, er war geborgen. Kedennek schlief gleich, er war ganz erschöpft, Hull lag auf dem Rücken, in seine Lider war der Platz eingeritzt, riesengroß, schrecklich weiß – nur er war weiß, ringsherum war schon Abend –, hinten Büros, Lichter, herabgelassene Läden, alle rasten noch mal durch seinen Kopf, wie durch einen Torbogen, er schrie noch mal: »Weiter!« – noch mal Fäuste und Dröhnen, und Scherben, und Heulen, und Weiter, und Rot und Immerweiter und Feuer. Dann ließ es nach, es wurde schon stiller, zuletzt war nur noch Kedenneks finsterer, gleichmäßiger Schritt neben ihm, den Berg hinauf. Dann war es innen und außen vollkommen still und dunkel. Hull dachte: Wie mich das festhält, immer hier in der Bucht, immer in diesem Loch, jetzt schon Monate. Hull richtete sich auf. Wenn er überhaupt fort wollte, mußte er jetzt fort, ohne Nachdenken. Wenn er bis morgen wartete, kam er niemals fort, niemals, das konnte er nicht verstehen, das ging nicht.

Die Tür ging, Andreas kam heim, hatte erst vorausfahren wollen, legte sich nieder. Hull sagte: »Andreas!« Andreas stand auf, legte sich zu Hull. Hull sagte: »Fährst du morgen auf den Markt?« – »Ja.« – »Wie lange dauert die Fahrt?« – »Fünf Stunden.« – »Kannst du nicht gleich fahren, ich muß rüber?« – »Ja, warum nicht?« Sie schwiegen eine Weile, Andreas versuchte, im Dunkeln Hulls Gesicht zu erkennen. Hull dachte, was habe ich da für einen Unsinn geschwatzt. Er hatte Lust, sich an Andreas' Arm festzuhalten, am Tisch, an den Wänden, damit ihn niemand wegreißen könnte – Wer hat das nur eben im Dunkeln gesagt, dachte er, daß ich weg wollte?

Noch einer tappte, Kedennek. Er sagte: »Bleib da, Andreas, ich fahre mit Nyk. Da ist auch noch Platz für einen, da kann er mit.« Hull sagte: »Laß nur, ich fahre doch nicht, das hat noch Zeit, fahr ein andermal.« Kedennek zögerte, wollte noch was fragen, aber alle waren zu müde, viel zu reden.

Man hatte Nachrichten nach Blé und nach Elnor geschickt, um alle auf Sonntag zu einer Versammlung zu bringen. Seit ein paar Tagen war Polizei aus Sebastian da; sechs oder sieben jüngere Leute, die von den Reedereiangestellten bezeichnet waren, hatten sie schon nach der Stadt abgeliefert. Dieses Ereignis machte auf die Leute wenig Eindruck. Katarina

Nehr, die die letzte Woche mit verheultem Gesicht herumgegangen war, schämte sich, soviel Aufhebens aus einer Sache gemacht zu haben, die kurz nachher noch vielen anderen Frauen passiert war; überdies rechneten sie damit, ihre Männer über kurz oder lang zurückzuhaben. Am Sonntagmorgen erwarteten alle auf dem Markt – die Büros waren schon wieder hergerichtet – die Leute aus den umliegenden Dörfern. Zu der Winterversammlung waren sie schon am Morgen eingetroffen, jetzt war bald Mittag. Als es ihnen zu lange dauerte, zogen sie einstweilen hinauf. Sie redeten hin und her, es wurde Mittag. Nun merkten sie, daß die Auswärtigen nicht kamen. Sie hatten sich dicht gedrängt in den vorderen Teil der Schenke gesetzt und den Laden, die Treppe und den hintersten Teil für die Auswärtigen frei gelassen. Auch jetzt entschlossen sie sich nicht, auseinanderzurücken. Der leere, helle Raum, in dem sich an einer Stelle ein Haufen Menschen grundlos zusammendrückte, hatte etwas Beklommenes. Zuerst machten sie sich in Flüchen auf die Leute Luft, die zu träge oder zu feige waren, herzukommen. Dann verstummten sie. Es war hell und heiß. Hull saß unter den Leuten. Plötzlich, als ob sie sich von der Decke genau auf diesen Punkt gesenkt hätte, spürte er auf seinem Scheitel die Angst, wie eine Faust, die ihn heruntergedrückt. In der vergangenen Nacht, bei Kedenneks, hatte er sich noch seiner Angst geschämt, jetzt schämte er sich nicht mehr. Die Angst kam gar nicht aus seinem Herzen, fraß nicht von innen nach außen, die Angst hatte gar nichts mit ihm zu tun, kam ganz woandersher. Die Angst war der Schatten, den das Unglück selbst auf die Menschen wirft, wenn es so nah ist, daß man es mit der Hand berühren kann.

Alle schwiegen, das Schweigen wurde ganz starr, in so ein Schweigen mußte man mitten hineinbrechen. Hull fing zu sprechen an. Er sagte den Leuten, daß sie zusammenbleiben und kein Schiff herauslassen sollten. Die Leute rückten dicht an ihn heran und hörten aufmerksam zu. Da war er also noch immer, er sagte noch immer das gleiche, das, was man brauchte, nichts hatte sich verändert. Die Leute fingen an, froh zu werden. Sie blieben auch froh, als er aufhörte; das war keine Pfingstfestlustigkeit, keine Blinkfeuerfreude, das war nur einmal, nie vorher, nie nachher. Die Fremden waren draußen, die hatten sie im Stich gelassen, das war gut, jetzt waren sie allein unter sich. Sie fingen an zu reden, sie sangen, tranken was, klatschten in die Hände. Auch das war gut, daß die Weiber nicht oben waren, die hätten gefragt: Was gibt es denn? Wird jetzt alles gut? Ist jetzt alles in Ordnung? Wann ist Ausfahrt? – Und wie so die Weiber fragen.

Der Verkehr zwischen der Insel und St. Barbara nahm etwas ab, weil die Dampfer weitere Unruhen fürchteten. Im großen ganzen war aber immer noch ziemlich lebhaftes Leben. Im Seglerhafen auf ihren Plätzen lagen die Fischerboote, genau wie sie die Fischer am Tag nach Pfingsten gelassen hatten. Sie waren nicht mehr blank, etwas Träges und Mattes schien ihre mächtigen Körper von innen her zu erschlaffen, wie eine Krankheit oder wie ein Kummer.

Eines Tages stand am Reedereibüro angeschlagen, die Gesellschaft der Vereinigten Bredelschen Reedereien habe mit den Fischern von Wyk, Blé, Elnor usw. eine Übereinkunft erzielt, Tarife wie bisher, aber höhere Marktpreise für den Fisch. Die Fischer von St. Barbara wurden aufgefordert, sich diesem Tarif anzuschließen. Der Zettel war auf derselben Tür angeklebt, die die Fischer zerschlagen hatten. Jetzt war sie von innen mit eisernen Latten versehen wie ein Kassenschrank, und in die Büros hatte die Gesellschaft handfeste Leute geschickt. Die Fischer rissen den Zettel herunter. Sie redeten nichts, weder in der Familie noch untereinander, weder über das Angebot noch über den Wortbruch der Auswärtigen. Abends hieß es, die Auswärtigen sollten morgen eintreffen und in zwei Tagen abfahren. Am nächsten Tage erschienen die Fischer von St. Barbara vollzählig auf dem Marktplatz. Die Auswärtigen trafen alle miteinander pünktlich ein. Sie hatten vielleicht angenommen, daß sich St. Barbara dem Tarif angeschlossen hätte, und erst unterwegs den Sachverhalt erfahren. Sie sahen genauso aus wie die Leute von St. Barbara, die bevorstehende Ausfahrt hatte ihre mürrischen Gesichter nicht gelockert. Sie nickten den Einheimischen zu, sprachen sie an; daß die nicht mitmachten und sich versteiften, das war ihre Sache. Die Auswärtigen wollten zu den Schiffen, die Einheimischen gaben einen Weg zwischen sich frei, einen schmalen Weg, vom Platz bis zum Kai. Die Auswärtigen mußten fast einzeln hindurch. Sie sahen sich um, ihre Blicke wurden schwer und starr. Sie wurden immer mehr vom Kai abgedrängt, gegen den Weg hinauf zu den Hütten. Jetzt sollten sie sich mit den Fäusten durchschlagen. Auch die von St. Barbara hatten Fäuste; da merkten die Auswärtigen, die hatten keine Daumen darin, sondern Messer. Die Auswärtigen stutzten, sahen sich nacheinander um und drängten sich zusammen. Dann drängten auch die Einheimischen um sie herum in eisernem Ring, der immer enger schnürte und innen mit Fäusten und Messern gespickt war. Die Auswärtigen drückten dagegen, der Ring zog enger. Alles ging so leise, man hörte nicht einmal schnaufen, nicht mal knurren. Schließlich ließen die Einheimischen nach. Sie gingen schnell, ohne sich umzusehen, in einem Trupp hinauf. Erst jetzt hörte man aus der Mitte des Platzes Hilferufe, Flüche.

Am nächsten Tag kam es zu keiner Ausfahrt. Der größere Teil der auswärtigen Mannschaft blieb zerstochen und zerschlagen in St. Barbara. Der übrige Teil kehrte wieder heim. Drunten wurde immer weiter ein- und ausgeladen. Überdies lagen die Fischerhütten abseits gegen die Klippen, ein gutes Stück weg von den übrigen, die drunten in St. Barbara auf ihre gewöhnliche Weise arbeiten, schlafen, hungern und essen wollten.

Am dritten Tag nach der gescheiterten Ausfahrt war auf dem Platz ein neuer Anschlag mit dem Polizeistempel von Port Sebastian, in welchem die Leute von St. Barbara aufgefordert wurden, den in Sebastian abgeurteilten Johann Hull, der sich in St. Barbara aufhalten sollte, anzuzeigen. Hull saß bei Desak, sie kamen herauf und erzählten; die ganze Zeit hatte sich Hull davor gefürchtet, jetzt war er ganz erleichtert, jetzt war es soweit. Am selben Tage wurden vier Fischer festgenommen und abgeliefert. Leute aus Elnor erkannten sie wieder als die, die ihren Gefährten mit den Messern an die Kehle gegangen waren. Es hieß jetzt, die Abfahrt sei endgültig auf Montag festgesetzt und sollte mit allen Mitteln durchgeführt werden.

Zuerst hatten die Frauen im letzten Augenblick etwas Fett, Zucker und Hülsenfrüchte auf Borg bekommen, aber vor drei Tagen hatte Desak seinen Laden geschlossen. Die paar Pfennige, die der nächtliche Kleinfang einbrachte, wurden von den Booten und Geräten wieder verschluckt. Auf dem Markt konnte man diese Fische fast umsonst haben; der fade, faule Geruch der Fischsuppe, ohne Fett und fast ohne Salz, lag über den Tischen und sogar über den Dächern. Die Frauen wunderten sich, daß manche Kinder einen Ausschlag bekamen, ohne daß sie Fieber oder Schmerzen hatten. Mit dem Ausschlag ging es, wie mit Nehrs Verhaftung. Die erste Frau ängstigte sich. Wie es aber bei den andren ebenso wurde, machte sie kein Aufhebens mehr davon.

Die Tage waren lang, ungewohnt lange, helle Landtage. Die Männer hatten es aber immer so eilig, von den Tischen und aus den Betten zu kommen, als ob die Zeit drängte, als ob es keinen Zweck hätte, sich mit solchem Kram aufzuhalten. Sie hatten ihren Bescheid auf dem Büro abgegeben. Keine Ausfahrt, außer zu neuen Bedingungen.

Inzwischen war das Kedelsche Regiment von der Margareteninsel nach St. Barbara gebracht worden. In der ersten Nacht wurden Lagerhäuser geräumt, dann hatte man die Soldaten damit beschäftigt, Baracken in die Dünen zu bauen. Durch die Ankunft des Regiments gab es auch einen größeren Hafenbetrieb. Nach Feierabend wimmelte der Platz von Menschen, Licht und Lärm.

Hull saß allein mit Kedenneks Frau vor dem Tisch, er pflegte mit den Männern zu arbeiten, war später heimgegangen. Die andren waren noch aus, die Kinder schliefen. Marie Kedennek sah ihm schweigend beim Essen mit zu, er sah auf und merkte, daß sie ihn voll Haß ansah. Vielleicht haßte sie ihn, weil sie ihn als die Ursache des Aufstandes ansah; aber das war bei einer so knochigen, vom Elend durchgegerbten Frau nicht mal anzunehmen; vielleicht weil sie irgend jemand hassen mußte, weil das Kleine bald starb und die älteren den Ausschlag hatten; vielleicht auch ohne Grund, hätte ihn zu einer andren Zeit an einem andren Ort auch gehaßt. Jedenfalls konnte man ihren Haß nur in ihren Augen und innerhalb der Augen nur in ganz kleinen Punkten sehen. Niemals würde sie sich ihren Haß vor Hull, niemals vor Kedennek, niemals vor Andreas oder vor irgend jemand anmerken lassen.

Als Hull fertig war, stand sie auf, zog ihre Haube ab, das tat sie sonst nur im Alkoven; etwas mußte schlapp in ihr geworden sein, daß sie es so tat, stehend, inmitten des Zimmers. Hull hatte sich immer gedacht, Marie Kedennek sei eine alte Frau, ihr Haar sei grau, es war aber reich und braun. Hull erschrak und schämte sich wirklich, Marie Kedennek so zu sehen. Jetzt fuhr auch die Frau zusammen, zog ihr Tuch hoch und legte sich schlafen. Hull ging weg.

Unterwegs traf er auf Desaks Marie. Er hatte geglaubt, sie wäre längst abgefahren, wie im vorigen Sommer. »Wozu soll ich denn abfahren? Wenn ich nur in die Dünen brauche? Was die Hauptsache ist von den Soldaten, die liegen ja hier in St. Barbara.« – »Also so eine bist du. Hast im Winter getan, als ob du wunder was für eine wärst; damals mit der Sache mit Bredel, hast dein Maul gut voll genommen.« – »Natürlich hab ich's voll genommen, und jetzt hab ich's wieder zugemacht«, sagte Desaks Marie, »ich hab nicht viel zuzusetzen, und von dir werd ich auch nicht fetter.«

Am frühen Morgen hatte sich das ganze Dorf, Männer, Frauen und Kinder, am Hafen eingefunden, um die Abfahrt der »Marie Farère« zu verhindern. Da die Reedereien sich an den Präfekten gewandt und mit ihm vereinbart hatten, die »Marie Farère« unter allen Umständen ausfahren zu lassen, waren Soldaten des Kedelschen Regimentes zugezogen worden, um, wenn nötig, die Ausfahrt zu schützen. Sie standen den Kai entlang. Die Leute von St. Barbara standen in dichten Haufen auf dem Marktplatz. Es war nach Sonnenaufgang, scharfer Wind, steigende Flut. Soviel sie waren, man konnte das Wasser rauschen hören. Je schärfer der Wind wehte, je lustiger die Lichtchen hüpften, die er über den Hafen und die Dächer versprenkelte, desto verzweifelter wurde die Stille. Plötzlich rief eine Stimme aus dem Haufen eine Drohung zu der »Marie Farère« hinüber. Ein paar helle Bubenstimmen fielen ein, froh, tönen zu dürfen.

Sie rückten gegen den Hafen, von drüben rief eine scharfe Stimme: »Halt!«, da hielten sie. Aber dann schloß sich der Haufen Fischer zusammen und rückte langsam weiter. Sie hatten beschlossen, unter allen Umständen die Ausfahrt der »Marie Farère« zu verhindern. Sie hatten zwar einen ganz andren Plan – von der Mole her, mit den Booten –, was sie jetzt taten, war sinnlos. Der Steg von der »Marie Farère« war noch nicht zurückgeschoben, irgend etwas sollte noch an Bord geschafft werden. Genau vor dem Steg standen zwei Soldaten, gleich groß, gleich gerade, wie Brüder. Rechts und links von ihnen standen ungefähr der Länge des Schiffes entsprechend noch einige Reihen Soldaten hintereinander. Von diesen Soldaten waren mehrere den Fischern bekannt, von der Margareteninsel, aus den Kneipen. Jetzt waren ihre Gesichter erstarrt und fremd. Vielleicht war alles unsicher und unrichtig, vielleicht hatten die Fischer niemals mit diesen Soldaten gesoffen, aber sicher und richtig war es, daß sie hier standen. Wieder: »Halt!« Jetzt blieb der Haufen stehen. Mittendrin war auch Kedennek. Er hatte beständig diesen Soldaten am Steg, der gerade sein Gewehr anlegte, im Auge behalten. Er kannte ihn bestimmt. Er, Kedennek, wußte auch genau, wo er dieses braune, jugendliche Gesicht schon einmal gesehen hatte. Kedennek ging weiter, wie es ausgemacht war, nicht zu langsam, in ungewohnt kleinen, leichten Schritten. Er hatte im Rücken ein sonderbar kahles Gefühl, er verstand, daß die übrigen zurückgeblieben waren und daß er allein ging, und er verstand auch, daß der Soldat auf ihn schießen würde. Er fiel um, in der Mitte zwischen Soldaten und Fischern, ungefähr acht Meter von den Fischern entfernt. Sein ganzes Leben hatte Kedennek nur Segel und Motoren, Fang und Tarife gedacht, aber während dieser acht Meter hatte er endlich Zeit gehabt, an alles mögliche zu denken. In seinen Kopf waren alle Gedanken eingezogen, die zu empfangen der Kopf eines Menschen geschaffen ist. Er dachte auch an Gott, nicht wie man denkt, an etwas, das es nicht gibt, sondern an etwas, das einen verlassen hat.

Die Leute auf der »Marie Farère« wurden unruhig. Sie verlangten, an Land zurückzukehren. Man wollte sie mit Gewalt zurückhalten. Aber die Leute hatten ihren Sinn geändert und setzten ihr Vorhaben durch, mit einem Starrsinn, der, wie die Sachen jetzt standen, nutz- und zwecklos war. Der Kapitän – er war hier ganz unbekannt, von jenseits der Grenze, noch wortkarger als die Einheimischen, er sparte sogar bei den einzelnen Worten an Buchstaben, nur die Vokale trieb er zwischen seinen Zähnen hindurch – schwieg, weil sie sonst über ihn hergefallen wären. Die Soldaten kamen einigermaßen in Verwirrung. Die Soldaten von der »Marie Farère« drängten sich furchtlos zwischen den Reihen durch auf den Platz. Die Einheimischen betrachteten sie regungslos. Auf einmal drehte sich einer der Auswärtigen – Franz Kerdek aus Elnor, derselbe, in dessen Stube Hull und Andreas im Winter eingekehrt waren – scharf um. Unwillkürlich folgten alle Augen gespannt seinen Bewegungen. Er tat etwas ganz Sinnloses. Er fuhr mit den Händen die Jacke und die Hosen herunter, als ob er etwas an sich suchen würde. Sogar die Soldaten, die immer noch in allgemeiner, ratloser Erstarrung das leere Schiff bewachten, folgten seinen Bewegungen. Auf einmal, als ob sie endlich begriffen hätten, was Kerdek suchte, warfen sich alle Auswärtigen herum und sprangen gegen die Soldaten, so scharf und plötzlich, daß etliche Soldaten niedergehauen und vom Kai ins Wasser gedrängt wurden, ehe sie überhaupt verstanden hatten, was geschehen war.

Einige Minuten vergingen, erst dann gab es zwei Schüsse, dann ein halbes Dutzend scharf nacheinander. Dann nichts mehr. Inzwischen war der Wind noch viel stärker geworden. Er war so stark und zügellos, sogar solche, die mitten in dem Knäuel eingeklemmt waren, mußten ihn auf ihrem Scheitel spüren, sogar die, die getroffen und jetzt in die Beine der Nachstürzenden verwickelt waren, mußten etwas davon spüren. Die kleinen Jungen, die auf der obersten Stufe der Giebelhäuser hockten, um alles mitanzusehen, hüpften plötzlich hoch und stießen scharfe, windhelle Pfiffe aus. So leicht und heiter war die

Kraft des Windes – wie er kleine Stücke Licht von der schweren Sonne abriß und vor sich her trieb, so schien er auch die harten dünnen Schüsse von irgend etwas Schwerem, Finsterem abgerissen zu haben und mühelos vor sich her zu wehen.

Andreas war die halbe Nacht und den ganzen Tag über im Boot gewesen, er war seiner Gewohnheit nach nicht in den Hafen gefahren, sondern hatte das Boot in eine winzige Einbuchtung zwischen die Klippen gerudert und war von dort aus hinaufgeklettert. Niemand war daheim, nur das Kind lag in seinem Korb, stumm, eingeschrumpft, aber lebendig. Andreas nahm es sofort heraus und betrachtete es neugierig. Er war nämlich froh, daß niemand da war, daß er das Kind genau betrachten konnte, als ob er eine ganz besondere Teilnahme an ihm nähme, die den anderen verborgen bleiben mußte. Dann fuhr er zusammen, wunderte sich, daß niemand, nicht einmal die Kinder, zurück waren. Er wollte das Kind in den Korb legen, irgend etwas hielt ihn davon ab, er behielt es im Arm, trat vor die Tür.

Die starre Stille des Weges und der Hütten, ein unerklärlicher Druck in der Luft, ein Geräusch oder was es sonst war, überzeugte Andreas sofort davon, daß sich drunten unter dem Himmel seines Dorfes etwas Wichtiges ereignete. Seine Nasenlöcher weiteten sich, er hatte einen Stich im Herzen – wieder nicht dabei! Er trat in die Stube, um das Kind hinzulegen, da kamen kleine Schritte gestürzt, Kedenneks Buben sprangen herein, schnauften und sagten: »Sie bringen den Vater.«

Andreas schüttelte den Kopf, jetzt kamen noch mehr, ein paar Fischer brachten Kedennek, die Frau kam auch mit. Marie Kedennek zog den Vorhang vom Alkoven zurück und half ihn hineinlegen. Die Männer traten zur Seite, blieben aber an der Tür stehen, weil es sich wohl nicht schickte, gleich wegzugehen. Auch ein paar Frauen kamen herein und setzten sich ohne weiteres an den Tisch. Marie Kedennek wischte den Tisch ab und setzte sich dazu. Andreas stand noch immer mit dem Kind im Arm. Er hatte so schreckliche Lust nach irgend etwas Freudigem, Hellem. Marie Kedennek stand plötzlich auf, riß ihm das Kind zornig aus dem Arm und legte es in den Korb. Als ob das ein Zeichen zum Aufbruch sei, standen jetzt alle miteinander auf und gingen.

Marie Kedennek stellte das Essen und die Teller auf den Tisch. Andreas half ihr. Er war verzweifelt, aber nach Art der Jungen war er böse auf den schweren, finsteren Druck in seinem Herzen und wünschte sich, daß er weggehen und sein Herz wieder leer und unbekümmert sein möchte. Nach der Arbeit kroch Marie Kedennek in den Alkoven und legte sich neben ihren Mann schlafen, wie in der vorigen und jeder vergangenen Nacht.

»Das ist gut, daß du dich nicht nach St. Blé gesetzt hast, sondern nach Barbara, die hätten dich längst herausgegeben, jetzt suchen sie dich scharf, überall ist es angeschlagen.«

Hull lachte. »Ja, was ist da noch groß zu lachen? Mach, daß du aus der Bucht herauskommst. Die aus St. Barbara machen die Sache auch ohne dich weiter, ist ja ohnedies fertig. Ich kenne da welche, die bringen dich nachts nach dem Rohak. Sieh von dort, daß du weiterkommst. Was sagst du – wenn die von Elnor und Blé gehalten hätten, wär alles gut; aber sie haben eben nicht gehalten, sind eben Leute aus Blé und nicht aus Barbara. Jetzt aber fahr in der Nacht zum Rohak.« Alle sahen gespannt nach Hulls Mund, er erwiderte nichts, legte sich über den Tisch ans Fenster. Dieses Fensterkreuz versiegelte alles, was es auf Erden zu lieben gab. Draußen schoß das Licht ins Meer, sprangen die Wolken, eben schlitzte ein Dampfer die Ferne, er war wahrscheinlich für Algier bestimmt. Hull drehte sich um und kratzte mit seinem Nagel einen Riß in die Tischplatte. Die Leute sahen ihm gespannt mit zu. Draußen rannte der neue Sommer über das Wasser fort, das tat ihm weh, aber er konnte nicht weg von seinem Pünktchen Küste. Er sagte: »Ich bleibe!« Die Leute seufzten ein wenig, ja, das war gut, daß er blieb, dann war alles in Ordnung.

Hull ging hinauf, stieß auf Marie, packte sie: »Willst du oder nicht?« – »Nein!« – »Warum nicht?« – »Weil, darum!« Dünn wurde ihre Stimme, sie strich an ihm vorüber, ein, zwei Griffe hätten genügt, sie herunterzubiegen, ihr Hals, ihre Stimme, ihre Hüften warteten drauf. Aber Hull ging weiter. Heute war es schlecht mit ihm bestellt, er hatte sie nicht in den Händen, diese zwei Griffe, sie hingen ratlos herunter.
  Er legte sich frühzeitig nieder, wieder mal in sein altes Loch. Er schlief nicht, horchte, was nebenan geschah. Marie kam wieder, Stiefel krachten, die Decke raschelte, die Tür klapperte, Hull hörte verzweifelt alle Geräusche der Liebe. Er hatte manchmal an den Tod gedacht, manchmal war er ihm schrecklich vorgekommen und manchmal gleichgültig, manchmal als ein kostbares Abenteuer, das man gar nicht jung und unversehrt genug haben kann, jetzt aber erschien ihm der Tod nicht anders als die Unmöglichkeit,

noch mal mit einem Weib zu schlafen. Hull warf sich herum. Jetzt wär er vielleicht schon draußen am Rohak, wenn er gegangen wäre. Hull horchte, jetzt war es nebenan still. Das Haus, voll Stille im Innern, schwankte auf der Düne im Winde, der in diesen Tagen sogar zur Zeit der Ebbe blies. Auf einmal dachte er: Wer wohl aus St. Barbara bereit wäre, auf der »Marie Farère« zu fahren? Er schlief darüber ein.

Zu später Abendstunde, als sich keiner mehr von den Fischern drunten herumtrieb, kam Franz Bruyk ins Gasthaus und verlangte den Reedereivertreter zu sprechen. Er sagte ihm, daß er, sein Sohn und der Bruder seiner Frau bereit seien, sich einer Ausfahrt anzuschließen. Er könne auch noch ein paar aus dem Dorf zusammenbringen, die ganze Besatzung. Man müsse mal die Bresche in diese Sache schlagen, die hätten sich jetzt verrannt und könnten nicht mehr heraus, auch wenn sie möchten. Der Vertreter betrachtete ihn verwundert und erwiderte dann, daß er seine Mitteilung nach Port Sebastian weitergeben würde. Bruyk ging zufrieden heim. Die Mitglieder der Bruykschen Familie, denen natürlich die letzten Wochen genauso wie den andren zugesetzt hatten, sahen immer noch wie Kugeln aus, nur hatten sie hie und da Dellen bekommen.

Kedennek wurde zwei Tage später begraben. Der Friedhof hatte einen gewöhnlichen Teil und außerdem noch einen besondren für die, die auf dem Meere umgekommen waren – wirkliche Gräber und Gedenksteine. Aber auf diesen Teil kam Kedennek nicht, denn er war ja nicht auf dem Meere umgekommen. Am Abend kamen wieder viele Fischer in die

Stube, auch die Frauen kamen und setzten sich an den Tisch. Auch Hull kam in die Stube. Er gab acht, daß ihn Marie Kedennek nicht ansah; wie sie ihn aber doch ansah, waren ihre Augen ganz stumpf und trocken. Marie wunderte sich, daß Hull den Kopf hängenließ, als ob er seinen Vater verloren hätte. Hull hatte nie verstehen können, was Kedennek mit einer Stube und einer Frau und Kindern zu tun hatte. Kedennek war gegen ihn, Hull, ein alter Mann gewesen. Aber er war nicht viel herumgekommen, und nichts schien ihm so eingeleuchtet zu haben, wie Hulls Worte, ja, er hatte sich geradezu verzweifelt auf die erste beste Gelegenheit gestürzt, seiner Frau, seiner Hütte und seinen Kindern davonzulaufen. Im Zimmer war es so dunkel geworden, daß die Gestalten ganz verschwammen, nur die Hauben der Frauen schienen sich mitten in der Luft zusammen niedergelassen zu haben.

Drunten am Büro wurde ein Zettel angeschlagen, daß sich Leute zur Ausfahrt auf der »Marie Farère« melden sollten. Der Zettel wurde abgerissen, dann kam ein neuer, der wurde auch abgerissen. Drunten in den Dünen bastelten die Soldaten noch immer in den Baracken. Es hieß, das ganze Regiment sollte von der Insel nach St. Barbara verlegt werden. Das Wetter war umgeschlagen, der Himmel kam tief, und der Regen strich gegen das Meer.

Kedenneks Buben hatten in der letzten Zeit ganz dünne Hälse bekommen, ihre Köpfe baumelten von selbst darauf. Wenn ihnen ihre Mutter das Essen hinstellte, drehten sie die Löffel herum und kauten an den Stielen. Die Mutter redete ihnen zu, haute ihnen eins über, die Buben saßen mit kläglichen Hälsen und nagten an ihren Löffeln. Als man ihnen abends die Teller hinstellte, fingen sie zu weinen an, auch am nächsten Morgen, auch am Mittag. Sie räumte die volle Schüssel ab, wollte auch die Löffel weglegen, aber die Kinder packten sie, bissen hinein. Marie Kedennek wünschte, Andreas möchte heimkommen, der wußte bei so was Rat. Andreas war jetzt den ganzen Tag im Boot; wenn er heimkam – schnell hinauf in die Schenke. Sie saßen dicht beieinander. Mochten jetzt die Kinder winseln, die Frauen die Teller abkratzen, hier waren sie von allem weit weg, wie nur in irgendeiner Kajüte, hier waren sie unter sich; ein paar waren weggeblieben, pflegten nicht mehr zu kommen, acht oder zehn etwa. Sie sprachen über den Aufstand, wie lange er sich noch halten könne, im nächsten Jahr oder in einigen würden ihn die andren mitmachen, denn daß dieser verloren war, daraus machten sie kein Hehl hier in ihren vier Wänden. Sie rieten Hull, sich davonzumachen, es war ein Wunder, daß sie ihn noch nicht gefaßt hatten, Hull lachte auf, er freute sich, wenn sie ihm zuriefen, dann konnte er auflachen.

Später, wenn die meisten gegangen waren – nur einige, die sich gar nicht entschließen konnten, an Land zu gehen, streckten sich über den Tischen –, legte Hull seinen Arm um Andreas' Rücken. Sie hockten beieinander wie damals im Winter in der Mulde. Hull redete leise auf den Jungen ein. Er redete nicht von der Ausfahrt und nicht von St. Barbara; er erzählte von drüben, sie fuhren miteinander in einen Hafen ein, Sebastian war dagegen winzig und armselig. Hull erzählte schnell und heftig, wie man etwas immer wieder vor sich her sagt, um es nicht zu vergessen. Er merkte wohl, daß Andreas zu müde war, um zuzuhören, aber er redete doch noch weiter.

Andreas fuhr mit dem jungen Bruyk in einem Boot. Das war ein lustiger Bursche, Andreas hatte ihn immer ganz gut leiden mögen. Der wußte solche Witze und Lieder, das gefiel Andreas, der gerne lachte. Der junge Bruyk sagte hinter Andreas' Rücken: »Du, nächste Woche wird ausgefahren, ich, mein Vater und der und der. Mach doch auch mit, da fehlt noch einer.« Andreas verstand nicht gleich, er dachte etwas nach. Er machte verrückte Stöße mit den Rudern. Aber er antwortete nichts. Er drehte sich auch nicht herum; auf diese Weise bekam weder der junge Bruyk noch sonst jemand auf der Welt das Gesicht zu sehen, das Andreas bei diesem Vorschlag machte.

Als Andreas heimkam, trug Marie Kedennek grade die Suppe ab. Die Buben kauten an den Löffeln. Marie Kedennek sagte zu Andreas: »Hast du was mitgebracht?« – Andreas sagte erstaunt: »Was soll ich denn mitgebracht haben?« – Die Buben hatten die Löffel weggelegt, starrten ihn an. Aber Andreas ging an ihnen vorbei an den Korb und tippte mit dem Zeigefinger das Kleine an. Wie er sich umsah, waren alle drei Gesichter nach ihm gedreht, die Augen waren so schwarz wie Löcher. Andreas hatte keine Lust, in so einer Stube zu bleiben. Er lief hinauf. Aber droben war auch nichts los. Er wollte zum Marktplatz, da stieß er an der Ecke bei Nehrs Haus, wo der Weg nach den Dünen abging, auf ein paar Frauen. Die hockten dort und schwatzten. Auch Marie Kedennek war dabei. Andreas wunderte sich. Er wolite schnell vorüber. Da faßte ihn Marie Kedennek am Handgelenk. Andreas runzelte die Stirn und schob sie beiseite, wie er es bei Kedennek gesehen hatte. Marie Kedennek senkte den Kopf, Andreas ging weiter, da rief sie noch einmal: »Andreas!« – Jetzt blieb Andreas stehen. »Hörst du, Andreas, sie fahren am Mittwoch aus«, sagte sie, ihre Stimme war ganz dünn – das kam Andreas entsetzlich vor, wie bei einem Mädchen, vielleicht hatte sie so unter der Decke mit Kedennek gesprochen –, »da fehlt noch einer, da kannst du mit.« Andreas stieß ihr mit dem Ellenbogen eins vor die Brust. »Seid Ihr verrückt geworden, Marie Kedennek«, erwiderte er. »Geht zum Teufel und verkriecht Euch in seinem Unterrock, Ihr mit Eurem Geplärr.« – »Aber die Kinder –«, fuhr Marie Kedennek mit ihrer dummen, dünnen Mädchenstimme fort. »Was geht denn das mich an«, schrie Andreas, »die haben noch immer länger gelebt als unser Kleines daheim.« Er ging. Marie Kedennek fing auf einmal zu weinen an. »Hört ihr«, weinte sie, »er geht nicht mit, das hab ich gleich gesagt, daß er nicht mitgeht.« Andreas drehte sich noch mal rum. Er beachtete die Kedennek nicht, sondern fragte die Weiber: »Am Mittwoch wird gefahren?« – »Ja!« – »Die ›Marie Farère‹?« – »Ja.« Andreas ging. Am Abend kam er zeitig nach Hause. Er holte Kedenneks Zeug heraus und fing an, daran zu flicken. Marie Kedennek setzte sich dazu und half. Sie sprachen nichts miteinander. Andreas ging noch einmal ins Büro, um sich einen Vorschuß zu holen. Er brachte ihn heim und bekam noch einmal am Abend die Nase voll einen ordentlichen Fettgeruch.

Bei der Abfahrt waren Soldaten aufgestellt, aber sie hatten nichts zu bewachen. Kein Mensch war gekommen, nicht mal die Angehörigen, weil sie sich vor den Einheimischen fürchteten. Die Leute von St.

Barbara behandelten das Schiff, als ob es nichts mit ihnen zu tun hätte, sie beachteten es nicht und sprachen nicht darüber. Wenn sie an diesem Tage unterwegs auf Kinder der Abgefahrenen stießen, beachteten sie die so wenig, als ob sie über junge Katzen gestolpert wären.

Die »Marie Farère« hatte noch nicht das Rohak passiert, als sich das Unglück ereignete, dem um ein Haar das Schiff und die gesamte Mannschaft zum Opfer gefallen wäre. Das Schiff wurde schließlich, wenn auch in ziemlich hoffnungslosem Zustand, geborgen, drei, vier Leute konnten gerettet werden. Ein paar Stunden nachher wußte noch niemand, wie das Unglück geschehen war, ob die Maschine versagt hatte und sie dann auf dem Rohak aufgelaufen waren oder ob sie aufgelaufen waren und die Maschine nicht ausgehalten hatte, oder was sonst. Es gab auch welche, die behaupteten, eine solche Art Unglück sei an dieser Stelle mit der »Marie Farère« gar nicht möglich, ein einzelner müsse da im Spiel gewesen sein. Am Abend sprach das ganze Dorf davon, die Weiber der Betroffenen waren verzweifelt. Sie waren ja gewohnt, die Männer mit allerlei bösen Ahnungen abfahren zu lassen. Aber dann war der Sommer gekommen, hatte die Ahnung weit weggeschoben. Diesmal war die Gewißheit schon am Abend da. Diese Weiber nahmen die Gerüchte am gierigsten auf. Es ist für Verzweifelte immer besser, etwas Handgreiflicheres als Gott zu haben. Außerdem war es auch dem Dorf gegenüber etwas ganz andres, als gleichsam von einem Schlag getroffen zu werden, den das Schicksal im Namen des Dorfes gegen sie führte.

Unter den drei Geretteten war Andreas. Als Kedenneks Frau von dem Unglück hörte, war sie überzeugt, daß Andreas tot war. Dieses Unglück war wirklich eine entsetzliche Schande. Sie hatte den Jungen verloren, den sie lieber als ihre eigenen Kinder hatte. Auf einem solchen Lumpenschiff. Sie dachte an die Weiber, die ihre Söhne und Männer auch darauf hatten. Niemand haßte sie jetzt so gründlich als diese Weiber. Sie verriegelte die Tür, nachdem sie die Kinder weggejagt und in den Alkoven gesteckt hatte. Sie setzte sich vor den Tisch, hielt sich mit beiden Händen an den Zipfeln ihrer Haube und starrte vor sich hin.

Am Abend brachten sie Andreas. Er war lebendig, wenn auch zerschlagen und vom Schüttelfrost gepackt. Marie Kedennek legte ihn in den Alkoven und rieb ihn mit Schnaps ein. Dann setzte sie sich wieder vor den kahlen Tisch. Andreas hatte kein Wort gesprochen. Manchmal schlug sein Fuß gegen die Wand des Alkovens. Marie Kedennek faßte wieder nach den Haubenzipfeln. Jetzt, da das Unglück weg war, schmeckte die Schande noch ätzender.

Auf einmal, in der Nacht, sagte Andreas: »Steh auf, öl mein Zeug, pack alles zusammen, was du noch hast, Speck und Schnaps, auch Kedenneks Kleider, ich muß jetzt weg.« Kedenneks Frau horchte erschrocken. Andreas sagte nichts mehr, er richtete sich auf, seine Füße platschten auf dem Boden. Im ersten Augenblick glaubte sie, er rede im Fieber, dann verstand sie alles. Andreas fing von neuem an: »Von allem Anfang an ist mir der Gedanke gekommen. Es war ganz einfach. Ich hab's mir viel schwerer vorgestellt, aber man hat nur einen Schraubenzieher gebraucht und eine Säge. Es war ganz einfach. Das war gut, daß alle hören konnten, wie du mich angebettelt hast, damals, wie dich auf einmal der Mut verlassen hat. – Und wie du vor allen geweint hast, das sah dann aus, als ob ich nachgegeben hätte, das war gut. Ob Verstand drin war oder keiner, das ist alles eins, wir haben uns gesagt, droben bei Hull, daß kein Schiff heraus darf, da hab ich's getan. Das ist eine komische Sache, daß ich davongekommen bin, damit hab ich nicht gerechnet, aber jetzt, da das mal so ist, geh ich hinunter in die Klippen, wie damals Kerdhuys, sie werden mich ja wohl bald finden und aufhängen, aber vielleicht kann ich mich zwei, drei Wochen halten, wenn keine Springflut kommt. Und du, geh hinauf zu Marie, auf die gibt niemand acht, und sag ihr, in ein paar Tagen soll sie in den runden Spalt über dem Schafsloch – sie weiß schon – was zu essen legen, und das soll sie immerfort tun; sie ist ja schlau, vielleicht kann sie auch noch mal mit mir schlafen, sie kann ja auch Schnaps stehlen bei ihrem Alten – gib mir das Bündel.«

Es war stockdunkel, sie tappten herum und kramten zusammen, sie hatten keine Lust nach Licht. Andreas wußte genau, Marie Kedennek verstand alles, was er gesagt hatte, sie war ja keine Schlappe, Blöde; vielleicht hätte sie's genauso gemacht an seiner Stelle. Aber mit ihrer Liebe zu ihm war's vorbei. So einen, wie ihn, liebte man nicht mehr. Von so einem, wie er, rückten die vier Wände der Hütte weg, weg die Teller auf dem Tisch. Mariens kleine Kinder, ihre weichen Bäuchlein, der kleine verhutzelte Säugling, das war alles vorbei. Schrecklich, daß gerade ihm das geschehen mußte. Er war immer so fröhlich gewesen und war es vielleicht auch jetzt noch. Er hatte gern gepfiffen und gelacht, er hatte auch gemerkt, wenn er lachte, kam immer was Weiches in die Gesichter; er hatte auch selbst gern sein Lachen gehört und unmäßig in die Länge gedehnt. Vielleicht, weil seine Mutter früh gestorben war, hatte er gern gemocht, wenn man ihn liebgehabt hatte; Marie Kedennek knipste ihn manchmal ins Ohr – Erwachsene kann man nicht streicheln. Er hatte gern gehabt, wenn sie ihn geknipst hatte; hatte es eigentlich auch jetzt noch gern. Jetzt hatte niemand mehr Lust nach ihm, das war hart.

Andreas knetete seinen Körper noch mal mit Branntwein und kleidete sich an. Marie Kedennek verschnürte das Bündel und legte es auf den Tisch. Andreas nahm es von dort und riegelte leise die Tür auf. »Laß es dir und den Kindern gut gehen, Marie Kedennek«, sagte er traurig, »wenn meine Eltern am Leben geblieben wären, hätten sie auch nicht besser zu mir sein können als ihr beide in den letzten Jahren. Wenn sie dich fragen, sag, daß du geschlafen und gar nicht gehört hast, daß ich weg bin.«

Einen Augenblick blies der Wind in die Stube, einen Türrahmen voll süßsalziger Frühjahrsnacht. Andreas schloß von außen behutsam. Marie Kedennek setzte sich wieder vor den kahlen Tisch. Sie faßte wieder ihre Haubenzipfel. Im Alkoven fing der Säugling zu winseln an. Marie Kedennek ließ die Zipfel los und drückte die Fäuste gegen die Ohren.

Wenn sich Andreas nicht das erste beste Versteck ausgesucht hätte, wäre es ihm wahrscheinlich gelungen, zu entkommen; denn er wurde nicht so schnell verfolgt, wie er in der ersten Angst angenommen hatte. Es dauerte länger als eine Woche, bis die Wahrheit durch die dicke graue Luft des Dorfes gesickert war. Das Dorf behielt alles in seinem Herzen versteckt, wie eine Familie ihre Schande und ihr Elend für sich behält. Eine Untersuchung war eingesetzt, der Präfekt war selbst nach St. Barbara gekommen. Er hatte dem alten Kedel alle Vollmachten gegeben. Kedel ließ ein Verbot anschlagen. Niemand, der nichts dort zu tun hätte, dürfte abends auf den Marktplatz. Auf diese Weise war das Dreieck auf den Klippen vom unteren St. Barbara abgeschnitten.

Zu Beginn der Nacht wollten drei Fischer auf den Marktplatz. Am Ausgang wurden sie von Soldaten angehalten. Sie wehrten sich; einer wurde zum Krüppel geschlagen. Die beiden andren riefen laut ihre Kameraden. Die sprangen aus den Betten. Die Frauen und Kinder horchten im Dunkeln. Ganz kurz darauf kehrten die Männer erschöpft und zerschlagen zurück. Mittags, als die Männer draußen waren, kam wieder ein Dutzend Soldaten herauf. Sie durchsuchten die Stuben. Obwohl man länger brauchte, eine Tasche zu durchsuchen als so eine ausgesessene, ausgescheuerte Stube, durchstöberten sie doch mit einer leidenschaftlichen, zornigen Beharrlichkeit. Dann standen sie noch lange schwatzend und lachend auf dem Wege herum.

Jetzt war das Meer so aufgezäumt, als ob es aus seinem tiefsten Grund seine besten und unversehrtesten Wellen heraufgepfiffen hätte. Die Sonne auf den Steinen hatte einen eigentümlichen, nur um diese Zeit wahrnehmbaren Sonnengeruch. Die Schafe strengten sich an, die Grasbüschel zu erreichen, die hie und dort in den Fensterwinkeln und unter den niedrigen Dachsimsen herauswuchsen.

Andreas, der alle Klippen kannte, hatte sich einen Spalt ausgesucht, der zur Fluthöhe unzugänglich und zur Ebbe über Mannshöhe lag. Er gewöhnte sich schnell an seinen Zustand. Am nächsten Morgen fand er im Loch schon was zu essen. Er fing an, sich zufrieden zu fühlen. Am zweiten Tag traf er sich mit Marie. Sie bestätigte ihm, was er schon gehofft hatte. Niemand suchte ihn, er brauchte nur so lange wie möglich auszuhalten. Er fragte, was Hull zu allem gesagt hätte. Das wußte Marie nicht. Sie schliefen auch zusammen. Marie ging dann auf einem Umweg heim, aus Angst, wegen ihrer nassen zerrissenen Kleider gefragt zu werden.

Seit Kedenneks Tod hatte Hull nur selten unten geschlafen, mal bei Desak, mal bei den Nachbarn oder draußen. Es war schon Mittag, da klopfte Marie: »Mach, daß du wegkommst, sie haben Desak zu dem alten Kedel geholt und den ganzen Laden zerwühlt. Die kommen gleich wieder.« Hull lachte: »Wo soll ich denn jetzt noch groß hin? Da kann ich ebensogut hierbleiben.« – »Ach was, mach, daß du wegkommst.«

Hull verließ, wie er war, das Haus. Die letzte Zeit hatte ihn seine Angst nie verlassen. Sie war in diesem Augenblick nicht größer geworden, deshalb kam er sich ruhig und gleichmütig vor. Er watete durch die Dünen und stieg dann aufs Geratewohl ein Stück die Klippen hinunter. Er kam an eine kleine Bucht, die er gar nicht kannte. Auf dem Sand lag ein Boot, und auf den Steinen, auf dem Bauch, lagen ein paar Buben aus dem Nachbarort und stocherten im Tang. Hull sah ihnen zu. Plötzlich hörte er hinter sich Stimmen und merkte, daß diese Buben gar nicht ins Boot gehörten, sondern zwei städtisch gekleidete junge Leute waren, die ohne Grund an der Küste herumschlenderten.

Hull redete sie an, sie schwatzten eine Weile hin und her; er erfuhr, daß sie vom Rohak kamen und zu einer Komission gehörten, die dort am Leuchtturm irgendwelche Neuerungen einführen sollte. Sie waren zu ihrem Vergnügen gerudert und wollten zu dem Dampfer nach der Margareteninsel zurück, der an diesem Tag ihrethalben einen Umweg über das Rohak machte. Hull fragte, ob sie ihn mitnehmen könnten; sie zogen zu dritt das Boot vom Sand und ruderten los. Sie kamen gerade zur rechten Zeit an. Der Dampfer holte sie ab, fünf oder sechs, auch Hull war dabei. Während der ganzen Zeit hatte Hull nicht die geringste Angst gespürt. Jetzt, auf dem Schiff, fing er sofort an, sich zu fürchten. Unter all diesen Menschen, Arbeitern, Kaufleuten, Schiffern, mußten mehrere sein, die ihn kannten. Er ging, ohne sich umzusehen, quer über das Verdeck. Niemand rief ihn an. Aber auf der Treppe stieß er auf einen kleinen Mann in gelbleinenem Kittel, der prallte zurück. Hull ging an ihm vorbei in die Kajüte. Da saßen etliche Frauen mit ihren Körben, die waren wohl aus St. Barbara. Hull setzte sich mit dem Gesicht gegen die Wand. Er hätte nicht heruntergehen sollen. Wenn der Kleine im gelben Kittel herunter kam, konnte er nicht ausweichen. Er stützte den Kopf in die Hände. Es war ja immerhin möglich, daß er durchschlupfte. Er hatte eine winzige Hoffnung, im nächsten Monat drüben zu sein. Vielleicht war die Arbeit schwer und die Sonne giftig. Aber bereitwillig wartete an seiner Seite das Meer, ihn weiterzuschicken, wohin immer; jeder Tag schüttete über ihn Gefährten aus, Essen und Trinken und was zu lieben.

Jemand klopfte ihn auf die Schulter. Der kleine Mann im Kittel. Er redete ihn an. Hull erschrak und krümmte sich zusammen. Aber der andre merkte schon, daß er Hull mit irgend jemand verwechselt hatte. Auch Hull merkte jetzt, daß ihm der Kleine fremd war. Sie sprachen miteinander, dann ging er nach oben. Er hing sich übers Geländer, jetzt sah man die Insel schon, den Turm auf der Mole, spitz wie ein Zuckerhut. Auf einmal wurde Hull fröhlich. Eine solche Freude war das, die einem schon im ersten Aufblitzen bis in die Fingerspitzen heiß machte. Er drehte sich um. St. Barbara war nur ein schmaler, brauner Streifen – er hatte auch gar nicht achtgegeben, jetzt merkte er, daß der Sommernachmittag blau war, daß die Sonne nach Meer und das Meer nach Sonne roch –, ein brauner Streifen, wie alle Küsten, die er irgendwo mal gelassen hatte. Dann schob sich die Luft darüber, der Streifen war nur ein Strich, dann war gar nichts mehr. Jetzt war der Turm an der Mole zu greifen, jetzt kam der Augenblick, wo alles anfing, ganz schnell zu gehen, wo das Land den Dampfer heranzog. Sie kamen an und mußten einzeln über den Steg. Auf einmal war alle Freude aus seinem Herzen weg, nur Enttäuschung war drin.

Er schlenderte über das Pflaster, tiefer in die Stadt. Abends fand er Unterkunft bei dem Wirt, der ihn schon im Sommer beherbergt hatte.

Kaum war Marie in die Tür, da kamen ein paar von den Kedelschen Soldaten. »Wo ist Hull?« – »Was weiß ich, in meinem Rock ist's zu eng, du siehst ja!« Die Soldaten suchten. Marie lehnte am Schrank, drehte eine Franse um ihren Daumen. Die Männer wühlten. Marie regte sich nicht und drehte und drehte. Sie stampften die Treppe hinauf, wühlten droben, fluchten. Marie drehte die Franse um ihren Daumen und horchte; mal war es droben eine Sekunde still, Marie riß die Brauen hoch, hörte eine Sekunde zu drehen auf, droben ging's weiter. Marie fuhr fort zu drehen. Sie stampften wieder herunter, wühlten in Läden und Schränken. Marie regte sich nicht, bloß wie der Truhendeckel zersprang und die Flasche klirrte und die weiße Wand betupfte, zeigte Marie mal ihre blanken Zähne.

Die Soldaten gingen, einer kehrte noch mal um, zwickte Mariens Arm. »Wo ist er?« Zwickte nochmals. »Wo ist er?« Marie blinzelte weich, er streichelte nur noch ein bißchen, die Kameraden pfiffen ihm schon. Marie hörte zu blinzeln auf und sah böse und hart auf die Tür. Dann fing sie seufzend vom äußersten Winkel des Zimmers an aufzuräumen.

Obwohl Andreas weder zu frieren noch zu hungern brauchte, obwohl er auf das, was er getan hatte, stolz war, obwohl er gern allein war, fing er doch an, traurig zu werden. Er traf Marie noch ein zweites und drittes Mal an einem Tage und fragte sie aus. Desak war vor den alten Kedel gerufen worden, der alte Kedel war ja schlau und wußte, woran er war. Die Kedelschen Soldaten hatten das Dorf von oben nach unten gekehrt. Sie waren auch bei Kedenneks Frau gewesen und hatten sie ausgefragt. Aber eher hätte die graue Steinkugel über dem Eingang Bescheid gegeben, wer hier aus- und eingegangen war, als Marie Kedennek. Hull war abgefahren, aber keiner konnte verstehen, wie. Dann kam Marie eine Zeitlang nicht. Beim viertenmal sagte sie: »Jetzt ist die Zeit für den Hauptfang vorbei. Aber zum Nachfang werden sie fahren müssen. Sie fressen ja schon die Steine aus der Mauer. Dieser Kedel ist doch schlau. Übrigens, das

Kleine von Marie Kedennek, das ist jetzt gestorben.«
Bei dieser Nachricht fing Andreas zu weinen an. Er weinte ausgiebig und machte kein Hehl daraus. »Wenn man so lange wie ich in den Klippen gelegen hat und Tag und Nacht keinen spricht, dann weint man zuletzt über jeden Dreck.«

Danach kam Marie nicht mehr. Das Frühjahr war noch nie so ausgiebig gewesen. Andreas wartete ordentlich mit Ungeduld darauf, daß sie ihn endlich suchen und finden würden, wie er sich das vorgestellt hatte – an allen Türen vorbei den Weg herunterführen auf den Marktplatz. Vielleicht war drüben im Dorf schon alles beim alten, vielleicht hatte sich inzwischen schon alles verändert, während er hier lag und die Zeit vorüberging.

Die Gesellschaft der Vereinigten Bredelschen Reedereien stellte die Fischer vor die Wahl: Entweder sollten die der Gesellschaft gehörenden, in St. Barbara liegenden Schiffe mit fremder Besatzung ausfahren oder die Leute aus St. Barbara sollten zu den alten Bedingungen ausfahren. Die Fischer erklärten sich zur Ausfahrt bereit. Nachdem sie auf einer kurzen Versammlung diesen Entschluß gefaßt hatten, redeten sie weder vor den Weibern noch unter sich über die Wendung. War es nötig, über die Ausfahrt zu sprechen, so sprachen sie wie über jede andere Ausfahrt. Über den Tisch weg sahen die Frauen in den Augen ihrer Männer ganz unten etwas Neues, Festes, Dunkles, wie den Bodensatz in ausgeleerten Gefäßen. Jede einzelne Frau dachte, das sei nur in den Augen ihres Mannes oder Sohnes. Aber alle Männer hatten es.

Droben saßen sie jetzt schweigend nebeneinander,

einzeln, die Hände auf den Knien. Wie Leute, die eng in einen Haufen gedrängt waren und plötzlich merken, daß noch viel Platz da ist und man auseinanderrücken kann.

Hulls Dampfer fuhr erst Ende der zweiten Woche. Er trieb sich in der Stadt und auf dem Strand herum, wie es ihm gefiel. Er wußte, daß ihm nichts mehr zustoßen konnte. Das Unglück hatte sich ein solches Stück von ihm entfernt, daß er aus seinem Schatten heraus war. Am Mittag konnte man, von der Küste etwas vorgeschoben, St. Barbara erkennen. Als ob die Stunden der Überfahrt die Kraft von Jahren gehabt hätten, kam ihm der letzte Winter ganz entlegen vor. Er hatte Heimweh.

Auf der Mole wurde erzählt, daß die Abfahrt von St. Barbara endgültig festgesetzt sei. Er erfuhr auch jetzt erst alle Einzelheiten vom Untergang der »Marie Farère«. Andreas war nicht im Dorf, er hatte sich wohl vor der Absperrung davongemacht. Bei all diesen Nachrichten empfand Hull nicht nur Kummer, sondern Gram. Er war nicht dort. Er ging durch die Straßen, vielleicht konnte er Andreas begegnen hier oder woanders. Aber er wußte genau, daß er ihn nie mehr sehen konnte. Er mußte allein unter diesen unzähligen Menschen weitergehen. Wozu hatte er sich nur von Marie herausschicken lassen? Jetzt war es ihm zumute wie damals nachts in Kedenneks Stube. Aber damals hatte er nur gesagt: »Ich will fort!«, jetzt war er wirklich gefahren. Das war alles weit weg, lange her, rechts und links standen die Häuser, bunte Fenster, Karren, Pferde und Menschen.

Hull ging auf den Dampfer und gab dem Kapitän seine Papiere. Er ging noch einmal an Land, durch die Stadt, auf die Mole. Der Tag war nicht klar, und von St. Barbara war nichts zu sehen. Wie er daran dachte, daß die Abfahrt in wenigen Tagen stattfinden sollte – als ob er in diesem Augenblick die Nachricht erhalten hätte –, empfand er abermals Kummer, bitter wie Schande. Dann beruhigte er sich. Ihn, Hull, hielt niemand fest, er war frei, niemand hielt ihn zurück. Er verstand ganz genau, daß er niemals im Ernst daran gedacht hatte, abzufahren. Er erkundigte sich nach dem nächsten Dampfer nach St. Barbara zurück. Noch ein paar Stunden trieb er sich herum, dann ging er auf den Dampfer. Unterwegs saß er drunten auf einem Fleck. Er blieb ganz unbehelligt, niemand erkannte ihn, wie bei der Herfahrt. Er sah immer vor sich hin. Er bekam Lust auf Weiber, dabei fiel ihm ein, daß er auf der Insel so viele hätte haben können, wie er wollte, und es unbegreiflicherweise unterlassen hatte. Er wurde auch bei der Landung nicht angehalten, auch nicht auf dem Weg durch das Dorf. Es war Abend, der Weg war leer. Er kam aber doch an ein paar Frauen vorbei, an einem jungen Burschen. Er ging schnell, ehe sie ihn ansprachen. Sie fuhren zusammen, starrten ihm nach, über ihr Gesicht war schon eine neue Haut gewachsen, die bekam einen Riß, die alten Gesichter sahen hindurch, Hull ging hinauf in die Schenke.

Die Schenke war nicht voll, kurz vor der Abfahrt trödelten die Fischer drunten in den Stuben. Aber ein paar waren doch da, die kniffen die Augen zusammen, rückten näher. Hull hatte sich kaum gesetzt, als Desak aus dem Laden hereinkam. Er stutzte und sagte: »Wozu seid Ihr gekommen?« Hull lachte, Desak fuhr fort: »Es hat keinen Sinn, daß Ihr zurückgekommen seid. Ich kann Euch auch hier nicht brauchen, ich habe drunten vor Gericht ausgesagt, daß ich nichts von Euch weiß und daß Ihr nicht bei mir gewohnt habt.« Hull senkte den Kopf, er wußte, daß Desak recht hatte, der hatte ihn immer ohne viel zu fragen beherbergt. Die Fischer dachten: Er ist wieder da, da ist er also, das ist gut. Hull setzte sich. Jetzt war es wie immer. Er redete den Fischern zu, ihre Kameraden heraufzurufen. Sie sollten nicht auf die Weiber hören, sie sollten zusammenbleiben und kein Schiff herauslassen. Die Fischer rückten näher und hörten gespannt mit zu. Ein paar Minuten war es, wie es immer gewesen war. Dann wurde Hull herausgerufen. Das waren Kedelsche Soldaten, die ihn mitnahmen. Nachher konnte man nicht mehr feststellen, wer sie geholt hatte, ob einer unter den Fischern, ob Desak oder ob die Soldaten doch Hull erkannt hatten und ihm gefolgt waren.

Die paar Fischer saßen noch eine Weile schweigend um einen Tisch. Es kam aber nichts mehr außer dem Leuchtfeuer, zwei lange Striche und ein kurzer. Sie gingen nacheinander. Jetzt war es leer im Hause, man merkte, daß der Wind gar nicht aufgehört hatte, er knirschte zwischen den Brettern. Marie war jetzt allein. Hull hatte sie gar nicht bemerkt, aber sie hatte ihn eintreten und weggehen sehen. Während der ganzen Zeit hatte sie mit zugekniffenen Augen neben dem Schrank gesessen und eine Franse ihres gelben Tuches um den Daumen gedreht. Jetzt stand sie auf, schraubte die Lampe ab und ging hinauf. Sie war noch auf der Treppe, da klopfte es wieder. Sie ging hinunter, die Stube war schon voll Soldaten. Sie fragten nach Desak, der sei nicht da, da fingen sie an, im Laden herumzusuchen, zum drittenmal diesen Monat. Sie hörten aber bald auf. Sie waren guter Dinge, zum Teil hatten sie schon getrunken, sie tranken gleich weiter. Marie kannte die meisten aus den Dünen. Es waren lauter Leute aus dem Landinnern, viele waren in diesem Jahr zum erstenmal ans Meer gekommen, sie hatten sich den Winter über auf der Insel gelangweilt. Marie kannte auch den langen Struppigen, der sie jetzt unter die Achseln faßte und gegen die Wand drückte. Sein Gesicht, wenngleich rotbetrunken, war so jugendlich, daß es gar nicht anders wie gutmütig aussehen konnte. »Ei, du«, sagte er, »du hast den Bredel heraufgeholt, damals, und den Hull hast du hier gehabt, und den kleinen Bruyn auch von drunten.« Er plapperte irgend etwas nach. Aber er hatte Lust, auch einmal etwas Böses zu unternehmen. Er drückte die Daumen gegen ihre Schultern und die Knie gegen ihren Bauch. Marie sah ihn starr an, machte sich plötzlich weich und schlupfte unter seinem Arm durch. Die Soldaten lachten, faßten nach ihr, Marie schlupfte wieder durch. Sie horchte scharf dabei, ob Desak durch den Laden heimkommen möchte, aber er kam nicht. Der junge Struppige, der sich ärgerte, drückte Marie gegen den Tisch, bog ihren Oberkörper auf die Platte und klemmte sie fest. Marie wußte nicht, warum diese Kedelschen Soldaten auf einmal und gerade jetzt und alle miteinander eine solche Wut auf ihren mageren, lumpigen Körper hatten. Es war ihr auch einerlei. Einerlei war ihr auch, ob zuerst ihre Kleider und dann ihre Haut und ihre Haare zerrissen wurden. Sogar dieser eigentümliche, glasscharfe, wirklich unerträgliche Schmerz war ihr einerlei. Was ihr aber nicht einerlei war, das war ihr gelbes Tuch, das hatte sie sich währenddem vom Hals gedreht und weit von sich weggehalten. Es war noch dasselbe Tuch, das

Hull auf dem Strand der Margareteninsel gesehen und auf dem Schiff wiedererkannt hatte. Aus irgendeinem Grund, vielleicht weil es ihr so besonders gefiel, vielleicht weil sie damals gedacht hatte, jetzt würde sich etwas wenden, jetzt kämen sie an, die Tuchschenker, hatte Marie auf dieses Tuch eine verrückte Hoffnung gesetzt. Als einer versuchte, ihre Finger aufzusperren, kämpften ihre Fäuste weit über ihrem Kopf am Ende ihrer dürren, ausgerenkten Arme einen verzweifelten, hartnäckigen und zuletzt siegreichen Kampf.

Als Desak am Morgen heimkam, war das Haus leer. Der alte Kedel hatte ihn die Nacht über auf der Wache behalten. Ein paar Tage darauf wurde Desak gezwungen, seine Schenke abzugeben und den Ort zu verlassen. Jetzt blieb er auf der Stelle stehen. Zwischen Scherben und Pfützen lag, vom Tisch heruntergerutscht, Marie. Sie drehte ihren Kopf nach ihm um, ihre Beine waren noch gegen den Leib gezogen, aber das gelbe Tuch hatte sie an sich gedrückt wie eine Mutter ihr Kind.

Seitdem sich die Fischer zur Ausfahrt bereit erklärt und auf die neuen Tarife verpflichtet hatten, war der Weg zum unteren St. Barbara wieder freigegeben. Nichts Besonderes war mehr geschehen – nur die Ruhe drückte auf die Höhe mit dem bleischweren Druck eines Ereignisses.

Als Hull an ihnen vorübergegangen war, traten die Weiber schnell in die Hütten. Der junge Bursche kletterte die Klippen herunter zu seinen Kameraden bei den Booten, sie kletterten alle wieder hinauf, auf dem Wege standen schon ein paar, sie schlossen sich an, klopften die andren heraus, zogen herunter.

Rings um den Marktplatz gab es Lichter wie immer, dann schlossen sich die Läden, die Häuser schienen vor Angst ihre Augen zuzupressen. Alles war doch in Ordnung, was blieben die nicht, wo sie waren, morgen war doch Ausfahrt, die Tarife waren angenommen, jetzt war doch Abend, Nachtessen, Lampen.

Die Fischer zogen weiter. Vielleicht hatten sie einen Augenblick etwas so vollkommen Unsinniges vor, daß sie es selbst nicht verstehen konnten, vielleicht hatten sie auch bloß Lust, in einem Trupp weiterzuziehen. Sie ließen das untere St. Barbara zurück und bogen in die Dünen ein. Sie zogen weiter auf den neuen Weg, der in die Landstraße nach Port Sebastian mündete. Als sie an die Mulde kamen, wo der Weg nach den Baracken abzweigte, stießen sie auf die Kedelschen Soldaten. Es war dunkel geworden, in der Mulde war völlig Nacht. Zuerst sahen die einen nur eine dunkle Masse und davor eine schnurgerade, blinkende Linie: Soldaten. Die andren sahen eine dunkle Masse und darin einige unerklärliche weiße Punkte: Fischer. In angemessener Entfernung von einigen Metern, keinen Schritt zuviel, keinen zuwenig, blieben die beiden Haufen gegeneinander stehen. Die Soldaten merkten, daß unter den Fischern auch Frauen waren, weiße Hauben. Es waren nicht viele, nur die waren mitgegangen, deren Männer in der Stadt geblieben oder überhaupt nicht mehr da waren. Die Fischer und die Soldaten blieben gegeneinander stehen, alle merkten jetzt, daß die Nacht noch vorschritt. In der vordersten Reihe war Katarina Nehrs junges, weißes, neugieriges Gesicht. Ihre Haube war etwas zurückgerutscht, zwischen Stirn und Haube gab es bei Katarina Nehr einen hellen Streifen Haar,

der hatte jenen weichen, durchdringenden Glanz, wie ihn nur das Haar von ganz jungen Frauen hat. Die Nacht schritt vor, lichtete sich wieder. Die Fischer gingen nicht vor und nicht zurück. Sie standen nur. Die blinkende Linie vor den Soldaten war nicht mehr ganz schnurgerade, die weißen Punkte zwischen den Fischern schwankten ein wenig. Sie blieben unbestechlich gegeneinander stehen, alle waren erschöpft.
Katarina Nehrs Gesicht war bleich vor Erschöpfung. Sogar der Haarstreifen über ihrer Stirn schien vor Erschöpfung fahler zu werden.
Marie war schon vorher lange nicht mehr bei Andreas gewesen. Sie hatte bemerkt, daß einer der Soldaten, die jetzt beständig da herumstrichen, ihr nachgegangen war. Andreas empfing zwar keine Nachrichten mehr, aber er fand an der ausgemachten Stelle, was er zum Leben brauchte, ob es nun Marie heimlich hingelegt hatte, oder ob die Leute aus dem Dorf ihm halfen. Jetzt hätte er wohl den Ort verlassen sollen. Aber Andreas wußte nicht wozu. Schon jetzt war er nie mehr froh. Er hatte nur Angst, beständige, ermüdende Angst, während er hier in den Klippen lag, möchte sich eine kurze Strecke von ihm entfernt, dort auf der Höhe – wenn er sich weit herauswagte, konnte er Bredweks Dach sehen, wie den Knopf auf einer Mütze – wieder etwas ereignen, was er versäumen mußte. Schon lange hatte er ja nichts mehr getan. Das mit dem Schiff war jetzt schon lange her; er hatte es beinah selbst vergessen. Zuerst war es ihm als etwas ganz Schreckliches und Großartiges erschienen, wenn einer so was tat, dann mußte er für immer allein bleiben. Aber jetzt hatte Andreas keinen andren Wunsch, als den Weg vom Markt bis zu Bred-

weks Haus heraufzuschlendern. Die Schiffe waren noch nicht ausgefahren, soviel hatte er gemerkt.

Einmal erwachte Andreas am Tage, der Wind hatte sich gedreht, der Himmel gesenkt, mit all seinen Wurzeln saugte er Graues aus der Erde, verzehrte sich und tropfte zurück. Andreas war unruhiger als sonst. Er schlenderte herum, machte seinen gewöhnlichen Umkreis, kletterte weiter und ging plötzlich die Höhe hinauf. Es war Regendämmerung. Er begegnete zunächst niemand. Geradewegs, ohne zu überlegen, lief er zu Kedenneks Hütte. Als auf sein Klopfen niemand antwortete und die Tür nicht gleich nachgab, drückte er so heftig dagegen, daß sie aufbrach. Er merkte gar nicht, daß sie verschlossen war. Die Stube war dunkel, die Fenster durch irgend etwas verhängt, ein dumpfer Geruch. Auf dem vertrauten Weg von Tür zu Herd, hier eine Biegung um den Tisch, dort muß man über den Schemel treten, stieß er gegen allerhand Sachen und Geräte, war es in die Dinge gefahren oder in ihn? Er trat verwirrt ins Freie, nebenan krachte ein Fenster, gleich darauf kam Katarina Nehr heraus. »Was willst denn du hier? Das ist nicht schlau, wiederzukommen.« – Der Regen machte ihre Haube schlapp; so steif und hart Katarina Nehrs Kleid auch war, etwas von der Brust war doch zu merken, und noch mehr. Andreas streckte unwillkürlich die Hand aus, bevor er zu sprechen begann, einen Augenblick lächelten sie sich an mit blanken, jungen Zähnen, dann fragte Andreas: »Was ist denn da drinnen los?« – »Was soll denn los sein? Gar nichts, die sind bloß fort.« – »Wohin denn?« – »Ja, was soll sie denn hier groß abwarten? In die Stadt ist sie. Da hat ihr einer was gesagt, wo noch welche gesucht werden, und da ist sie denn fort.« – »Und die Buben alle beide?« – »Ja, gerade wegen denen ist sie ja fort.« Andreas erwiderte nichts. Katarina Nehr sagte: »Die haben schlechtes Wetter zur Ausfahrt.« – »Wann wollen sie denn fahren?« – »Morgen. Die Männer sind alle drunten. Mach jetzt, daß du wegkommst, das wird schlecht mit dir ausgehen.« – Andreas erwiderte: »Nein, ich geh auch hinunter.« – »Was willst du denn dort?« – »Ich weiß noch nicht, die sollen nicht ausfahren.« Katarina Nehr begann von neuem: »Du, Andreas, mach, daß du wegkommst.« Aber Andreas ließ sie stehen. Er drehte sich gleich wieder um, da war sie schon in der Stube.

Andreas ging schnell. An der Ecke stieß er auf einen der Soldaten, die nachts die Gasse auf und ab gingen. Eine Sekunde stutzten beide mit gerunzelten Stirnen. Andreas ging schneller. Er hörte dicht hinter sich einen Pfiff, aber er verstand nicht, was er mit ihm zu tun hatte. Er wollte zum Hafen, Aber er war noch nicht den Weg hinunter, als er festgenommen wurde.

Andreas wehrte sich zunächst gar nicht. Als er einen Stoß zwischen die Rippen bekam, gab er weich in den Knien nach, als ob auf dem Wasser eine lose Planke gegen ihn gefahren wäre. Übrigens hatte der Soldat zu seiner Linken – er ging zwischen dem, der gepfiffen, und dem, der auf den Pfiff herbeigelaufen war – keine Lust, ihn zu stoßen. Er hielt ihn nicht eben hart gefaßt und betrachtete ihn von der Seite. Es war merkwürdig, daß dieser stille, grämliche Soldat gepfiffen hatte. Vier Soldaten gingen ihnen entgegen. Andreas trabte geduldig in der Mitte, ohne sich umzusehen, mit gesenktem Kopf, den Körper weich und gefaßt auf frische Stöße.

Als sie aber auf den offenen Platz kamen, vielleicht waren es die Lichter hinter den Läden, vielleicht die Rufe vom Kai her, verstand Andreas plötzlich, worum es sich handelte. Er hob den Kopf und riß sich los. Er rannte quer über das Pflaster, machte einen scharfen Bogen nach links, zwischen den Häusern durch nach den Dünen, dann machte er noch einmal einen Bogen, um auf steinigen Boden zu kommen. Die Soldaten verloren ihn im ersten Augenblick, holten ihn aber schnell ein. Jetzt war Andreas in den Klippen. Gleich würden sie ihn fangen. Es hatte gar keinen Sinn zu laufen, aber es war doch gut. Es war schon gut, nach so langer Zeit einmal richtig rennen zu können, den ganzen Tag, ja, eigentlich alle diese Tage in den Klippen war sein Kopf dumm gewesen, erst jetzt im Rennen fiel ihm alles wieder ein. Hull hatte unrecht gehabt: er war gar nicht so besonders jung, er kannte schon alles, den Tod seiner Mutter, Kedenneks Tod, das Meer und die Kameraden, Mariens braune, um die seinen verschlungene Glieder; was war noch groß zu erwarten?

Sie riefen schon »Halt!« und noch mal »Halt!« – Damals hatte Kedennek die Schüsse vor sich gehabt, Andreas hatte vor sich gezackte Klippen, bewegte Luft.

Andreas hörte noch mal »Halt!«, er rannte noch schneller, er hörte auch einen Knall, das war wie ein Händeklatschen: Weiter – er rannte –, Andreas war schon umgefallen, hatte sich schon überkugelt, war in den Steinen hängengeblieben, das Gesicht unkenntlich zerschlagen – aber etwas in ihm rannte noch immer weiter, rannte und rannte und zerstob schließlich nach allen Richtungen in die Luft in unbeschreiblicher Freude und Leichtigkeit.

Hull war nach St. Barbara gebracht und schon am Morgen vor dem Präfekten selbst verhört worden. Der alte Kedel war auch dabei. Noch am selben Tage wurde Hull von einigen Soldaten nach Port Sebastian gebracht. Sie fuhren nicht zu Schiff, sondern über Land in einem kleinen Planwagen. Die versandete Straße zwischen den Dünen dehnte sich endlos hin, den Rest des Tages, die Nacht und einen Teil des folgenden Tages. Der kleine Wagen torkelte im Sand herum. Alle waren müde, der Wagen, Hull, die Soldaten, die Pferde. Anfangs dachte Hull wohl noch an alles mögliche. Vielleicht an vergangene Tage, an andre Wege und Küsten, an die See, Schiffe, Kameraden, Sonne; vielleicht an St. Barbara, zu dem er von weit her gekommen war, und an das er sich festgehalten hatte, bis er in diesem kleinen Wagen den Strand herunterrollte. Die weichen, beharrlichen Stöße, die das Fahren im Sande mit sich bringt, machen nach und nach die Körper und Gedanken mürbe. Zuletzt hatte Hull nur noch einen einzigen Wunsch: noch einmal einen schmalen Streifen Meer sehen, das ganz nahe, nur einen Sprung entfernt, zu seiner Linken liegen mußte. Aber die flachen, gewellten Buckel der Dünen schoben sich unaufhörlich so schnell und weich ineinander, daß sein Wunsch nicht mehr in Erfüllung ging.

Als erstes Schiff verließ die »Marie Farère« den Hafen Der Regen stach die Gesichter der Frauen und machte ihre frischen Hauben so schlapp, daß sich die auf den Hinterköpfen zusammengerollten Zöpfe darunter abbildeten. Als der Dampfer die »Marie Farère« um die Mole herumschleifte, löste sich ein kleiner Trupp Frauen von den übrigen und lief, die

Kinder und die schweren nassen Röcke zusammenhaltend, bis ans äußerste Ende der Mole. Jetzt konnten sie nochmals die Gesichter ihrer Männer so deutlich wie hinter dem Mittagstisch erkennen. Eine Minute lang erkannte sogar jede Frau in den Augen ihres Mannes das Feste, Dunkle vom letzten Winter. Dann waren es nur noch ihre Gesichter, dann nur noch ihre Gestalten, dann nur noch Männer, dann nur noch ein Schiff. Der Dampfer zog die Kette an und kehrte um, die »Marie Farère« drehte bei. Kaum hatte die »Marie Farère« ihre Ausfahrt, da zeigte sich ihr geheimer wochenlang erstickter Wunsch. Sie kam unglaublich schnell vorwärts. Jetzt konnten die Kinder noch auf ihren Segeln die Nummern der Bredelschen Reedereien erkennen, dann waren die Segel blanke, rote Blätter. Immer schneller trieb sie dem sichtbaren Strich entgegen, der die Nähe von der Ferne abschneidet. Sie hatte den Hafen vergessen, das Land verschmerzt.

Die Frauen auf der Mole fingen an zu merken, daß sie durchnäßt waren.

Nachwort

Im Oktober 1928 erschien im Potsdamer Gustav Kiepenheuer-Verlag die Erzählung *Aufstand der Fischer von St. Barbara* als erste Buchveröffentlichung der jungen Anna Seghers. Die Vergabe des Kleistpreises an die im literarischen Leben der Weimarer Republik so gut wie unbekannte Autorin einen Monat später rückte sie und das Buch schlagartig ins Licht der Öffentlichkeit und ließ einen ebenso leidenschaftlich wie polemisch geführten Streit entflammen, hinter dem sehr schnell politische Fronten sichtbar wurden. Während bürgerliche Zeitungen wie das *Berliner Tageblatt und Handelszeitung*, der *Berliner Börsen-Courier* oder die *Frankfurter Zeitung* diese Preisvergabe begrüßten, die Autorin eine *sensationelle Begabung* und ihr Buch *ein Meisterwerk* von der *hinreißende[n] Prägnanz Kleistischer Erzählungen* (Hans Sahl, in: *Berliner Börsen-Courier*, Nr. 531, 1928) nannten, fühlten sich rechts-konservative Kreise durch die Entscheidung Hans Henny Jahnns, des Vertrauensmannes der Kleist-Stiftung für das Jahr 1928, provoziert. Neben persönlichen Diffamierungen der Autorin und pauschaler Abqualifizierung ihres Stils – *Das Herz schlägt für die Armen, wodurch aber die Grammatik noch nicht besser wird. Die Prosa ist unbrauchbar. (Arno*

Schirokauer; in: *Die Literarische Welt, Berlin, 11.1.1929)* wurde der Seghers'schen Erzählung die Preiswürdigkeit kurzerhand abgesprochen und mit Hanns Johst ein präfaschistischer Autor als eigentlich Preiswürdiger von der *Rheinisch-westfälischen Zeitung,* dem Organ der Schwerindustrie, ins Spiel gebracht.

Überschaut man die über zwanzig Rezensionen, die nach der Verleihung des Kleistpreises an Anna Seghers in Presseorganen verschiedenster politischer Couleur in die Debatte um den *Aufstand der Fischer von St. Barbara* eingriffen, wird jedenfalls deutlich, daß in dieser mit chronikalischer Einfachheit berichteten Geschichte eines niedergeschlagenen Aufstands ein Kern steckte, der Menschen unterschiedlicher Herkunft und Weltanschauung herausforderte und betroffen machte. So unbestimmt in ihrer geographischen und historischen Situierung diese Geschichte auch war, so legendenhaft und phantastisch sie anmutete mit ihrem plastisch modellierten Bild vom Aufstand, der auf dem leeren weißen Marktplatz saß und *ruhig an die Seinigen [dachte], die er geboren, aufgezogen, gepflegt und behütet hatte für das, was für sie am besten war,* so klar und genau traf sie das aktuelle Zeit- und Lebensgefühl in der von wirtschaftlichen, sozialen und ideologischen Krisen und Kämpfen erschütterten Weimarer Republik. Im Gleichnis des Aufstands steckte die unmittelbare Konfrontation mit der aus der Krisenzeit erwachsenden Notwendigkeit, sich zu entscheiden, auf welcher Seite der Front um Gerechtigkeit, Menschenwürde und ein besseres Leben gekämpft wurde, und Position zu beziehen. Diesen Kern der Erzählung schälte auch Hans Henny Jahnn in seiner Begründung der

Preisvergabe an die junge Anna Seghers heraus: *Darum verbrennt alles, was als Tendenz erscheinen könnte, in einer leuchtenden Flamme der Menschlichkeit. (Kleist-Preis 1928; in: Der Schriftsteller, 1928, H. 11/12)* Und in seinem Rechenschaftsbericht, worin er seine Entscheidung gegen die Angriffe reaktionärer Blätter verteidigte, präzisierte er sein Urteil über den *Aufstand der Fischer von St. Barbara: Ein gutes Buch mit knapper und sehr deutlicher Sprache, in dem auch die geringste Figur Leben gewinnt. In dem die Tendenz schwächer ist als die Kraft des Menschlichen. Es ist ein Daseinsvorgang in fast metaphysischer Verklärung. Das nenne ich Kunst. Darüber hinaus: Die Darstellungsart wirbt sogar bei fast Herzlosen für die Tendenz. (Ganz Herzlose sind nicht zu umwerben). (Rechenschaft Kleistpreis 1928. Der Kreis, Hamburg 1929)*

Wie kam es, daß das Erstlingswerk der jungen Anna Seghers so mitten ins Herz jener Krisenphase der Weimarer Republik traf? Welche Voraussetzungen in ihrer persönlichen Entwicklung, welche Bedingungen des politischen und literarischen Lebens kamen zusammen, um eine solche Wirkung zu ermöglichen?

Von den privaten Lebensumständen der Anna Seghers wissen wir nur wenig; kaum eine andere Schriftstellerin dieses Jahrhunderts hat so nachhaltig darauf bestanden, ihr Werk und nicht ihre Person als das wesentliche zu nehmen. Von einem spontanen Gerechtigkeitsgefühl, das sich früh entwickelte und die Grundlage ihres späteren politischen Bewußtseins bildete, ist jedenfalls in Selbstaussagen die Rede. Es war das Schicksal ihrer Generation, durch die Verheerungen des Ersten Weltkriegs, den Zusammenbruch des Kaiserreiches und die von revolutionären Unruhen, wirtschaftlichen Krisen und sozialem Elend erschütterten ersten deutschen Republik dem völligen Zerfall bisher gültiger – im Falle Seghers: bürgerlich-humanistischer – Werte, einer Desillusionierung bis auf den Grund ausgesetzt zu sein.

Während ihrer Studienzeit hatte Seghers durch die Begegnung mit ungarischen Kommunisten, die durch den Sieg der Konterrevolution zur Emigration gezwungen worden waren, einen wesentlichen Schritt zu einer politischen Bewußtseinsbildung getan, der sie nach der Heirat mit dem kommunistischen Wirtschaftswissenschaftler Laszlo Radvanyi – er wurde 1925 nach Berlin als Leiter der neugegründeten Marxistischen Arbeiterschule (MASCH) berufen – aus einer Sympathisierenden zu einem Mitglied der Kommunistischen Partei Deutschlands werden ließ, die damals eine Massenorganisation war. Ein Jahr nach ihrem Eintritt in die KPD (1928) trat sie dem Bund proletarisch-revolutionärer Schriftsteller (BPRS) bei, dessen klassenkämpferische Parole *Kunst ist Waffe* verdeutlichte, daß Politik und Literatur untrennbar zusammenzudenken waren. Freundschaftliche Arbeits-Beziehungen verbanden Anna Seghers insbesondere mit Egon Erwin Kisch, Ludwig Renn, Willi Bredel, Franz Carl Weiskopf und Erich Weinert. Rückblickend schrieb Seghers über diesen Schritt: *Es war die revolutionäre Gemeinschaft, die ganze Atmosphäre, die mich im Bund heimisch werden ließ. Es zeigte sich, daß das, was ich schrieb, eine Waffe war, die im Klassenkampf mitkämpfte.* Und es war ihr, noch 50 Jahre später, selbstverständlich, daß *das Künstlerische und das Politische organisch zusammengehören. Ich glaubte schon damals, daß wahrhaft künstlerische Li-*

teratur mit dem Wesentlichen verbunden ist. Und wenn mir künstlerisch etwas gelang, dann trat meine Verbundenheit mit dem, was ich für wesentlich hielt, daraus hervor. (Lebendige Erinnerung; in: *Neue deutsche Literatur 1978, H. 11)*

Allerdings hat sich Anna Seghers – so engagiert und diszipliniert sie sich an der aufklärerisch-agitatorischen Parteiarbeit beteiligte – in Fragen der künstlerischen Gestaltung stets mehr auf ihr eigenes Urteilsvermögen als auf die häufig doktrinären, von ideologischen Richtlinien bestimmten Vorgaben der BPRS-Theoretiker Kurella, Biha und Lukács über Stoffwahl und Schreibweisen verlassen. Dieser Widerspruch oder jedenfalls diese (innere) Spannung zwischen der ausgeprägten Künstlerpersönlichkeit einerseits und den ideologischen und ästhetischen Vorgaben der Partei und ihrer führenden Kulturfunktionäre andererseits begleitete das Schaffen von Anna Seghers fortan.

Die Kleist-Preis-Trägerin – vor ihr waren Schriftsteller wie Alfred Döblin, Leonhard Frank, Carl Zuckmayer und Arnold Zweig durch diese Auszeichnung geehrt worden – mußte herbe Kritik aus den eigenen Reihen einstecken. Diese Kritik zielte vorrangig auf die Gestaltung des Aufstands der Fischer als einer spontanen, unorganisierten Revolte, die keinerlei Bezüge auf konkrete klassenkämpferische Situationen aufwies. *Es wird etwas wenig von Organisation in diesem Buch gesprochen. Es ist zu viel Rebellentum und zu wenig Disziplin darin.* So schrieb beispielsweise der kommunistische Schriftsteller Kurt Kläber, Autor des Romans *Barrikaden an der Ruhr* (1925) (in: *Die junge Garde. 1928/29, H. 8).* In der *Roten Fahne,* dem Zentralorgan der KPD, urteilte Paul Friedlaender kurz und knapp: *Eine gewisse, man möchte fast sagen weibliche Verschwommenheit in der Darstellung des Kampfes und seiner Organisation. Der Meister des Kampfes, Hull, fällt geradezu vom Himmel. Von einer Verbindung mit den sozialen Kämpfen im Lande ist nichts zu merken. Die Fischer sind zu primitiv, ihr Führer zu neurasthenisch geschildert.* (in: *Rote Fahne*, 9.12.1928) Das Grundmuster der kommunistischen Literaturkritik, die Ideologisierung sowohl der Literatur als auch ihrer Kritik, angewandt auf Seghers' *Aufstand der Fischer von St. Barbara*, wird schließlich unübersehbar deutlich an Oto Bihalij-Merins schroffer Ablehnung: *Das Buch ist kein Bestandteil der proletarisch-revolutionären Literatur, wie wir sie in ihrem besten Sinne zu schaffen versuchen, einer Literatur von Marxisten geschaffen.* (in: *Literatur der Weltrevolution, 1931, H. 3*) Wie eine »Korrektur« der Seghers'schen Konzeption mutet die Verfilmung des Stoffes durch Erwin Piscator an, die er 1934 in der sowjetischen Emigration abschloß und von der Ernst Ottwalt berichtete (in: *Internationale Literatur 1934, H. 6*). Piscator konkretisierte die unbestimmt gebliebenen Rahmenbedingungen des Aufstands der Fischer auf die Bedingungen westeuropäischer Klassenkampfsituationen hin; seine Fassung endet mit dem siegreichen Kampf der Fischer gegen die Soldaten des Präfekten. (Die 1988 abgeschlossene Filmfassung von Thomas Langhoff folgt hingegen recht genau der Seghers'schen Erzählung.)

Wie mögen die harschen, ganz vom politisch-ideologischen Standpunkt aus getroffenen Urteile ihrer Genossen auf die junge Autorin gewirkt haben, die sich als Kommunistin verstand? Die Eigenwilligkeit, mit der sie auch weiterhin ihren Weg ging, spricht dafür, daß die Verunsicherung, so es sie gegeben hat, produktiv zu überwinden war. Von heute aus betrachtet erscheinen die politisch motivierten Kritiken, die Anna Seghers' erste Buchveröffentlichung und die Vergabe des Kleist-Preises auf sich zogen, vor allem als historische Dokumente interessant, die das Spannungsfeld abstecken, innerhalb dessen sich ein wichtiges Spektrum der Literatur in der Krisenphase der Weimarer Republik entfaltete. Kurt Pinthus hat übrigens jene sich gegen den Expressionismus abgrenzende Literatur der neuen Sachlichkeit, die sich in dieser Phase entwickelte, mit dem Begriff der *männlichen Literatur* (in: *Das Tagebuch 1929, H. 22*) (programmatischer Titel: Brechts *Mann ist Mann*) belegt; er bezeichnete ihren Stil als *unpathetisch, unsentimental, schmucklos und knapp* und ihre Wirkung nicht nur als desillusionierend, sondern als *Antiillusionismus*. Auch auf die ersten Erzählungen Seghers' – *Grubetsch* und *Die Ziegler* – treffen diese Charakteristika zu. Pinthus entwickelte seine Befunde anhand der mit literarischen Preisen ausgezeichneten Bücher des letzten Jahres (1928), deren Autoren alle jener Generation angehörten, deren Jugend durch Kriegs- und Nachkriegszeit nachhaltig geprägt worden war, so zum Beispiel Hermann Kesten (*Josef sucht seine Freiheit*), Ernst Glaeser (*Jahrgang 1902*) oder die Autorin des *Aufstand der Fischer von St. Barbara*. Pinthus schrieb: *All diese Bücher geben Illusionszerstörung, die niemals bejammert und beschrien wird, mit der Unpathetik und Sachlichkeit des Chronisten, zeigen Zerstörung des Zeitungemäßen, Aufdeckung des Wirklichen [...] all diese Bücher, diese nüchternen, unbarmherzigen Bücher* wirken, obwohl sie Bericht, Reportage, Chronik sich annähern, auf heutige Menschen aufwühlender und unmittelbarer als frühere »Dichtung« – können aber doch nur so wirken, weil sie letzten Grundes dennoch mehr als Bericht, Reportage, Chronik sind, nämlich Weg zu anderer, zeitgemäßer, zukunftsträchtiger Dichtung. Pinthus rechnete zur neusachlichen, »männlichen« Literatur aber auch die Literatur der Frauen dieser Generation: Anna Seghers, Marieluise Fleisser, Gina Kaus. So umstritten die Differenzierungsfähigkeit des Begriffs der neuen Sachlichkeit für die vielfältigen literarischen Strömungen der letzten Jahre der Weimarer sein mag – die von Pinthus genannten, als generationsspezifisch ausgewiesenen Stilmerkmale charakterisieren jedenfalls zutreffend auch die preisgekrönte Erzählung *Aufstand der Fischer von St. Barbara*. Seghers' frühe Erzählungen sind jedoch keineswegs durchgängig der neuen Sachlichkeit zuzurechnen; vielmehr macht es gerade den Reiz ihrer Kurzprosa aus, daß sie mit avantgardistischen Schreibweisen experimentiert, inneren Monolog und erlebte Rede zur Vertiefung der Unmittelbarkeit der Darstellung einsetzt, daß sie Einflüsse des Expressionismus, der dokumentarischen Literatur und etwa auch der Montagetechnik verarbeitet, die Eisensteins (*Panzerkreuzer Potemkin*) und Pudowkins *(Sturm über Asien)* Filme prägten.

So uneinheitlich die in der 2. Hälfte der zwanziger Jahre entstandenen Erzählungen Seghers' in stilistischer Hinsicht anmuten und so wenig kontinuierlich ihre schriftstellerische Entwicklung in diesen Jahren verlief – ein zentrales Motiv, das sich insbesondere im Menschenbild konkretisiert, prägt die Kurzprosa durchgängig. Es ist ein manchmal gebrochener, manchmal ins Destruktive gewendeter, immer aber elementar und eruptiv herausbrechender Hunger nach Leben, nach Freude und Licht, der die Figuren aus engen und elenden, häufig ausweglosen Lebenslagen heraustreibt, der sie kraftvoll und bisweilen in egoistischer Kälte ihren Lebensanspruch verteidigen läßt in einer Welt, die sie zu lebenslang Entrechteten und Ausgebeuteten bestimmt hat. Die perspektivische Unbestimmtheit dieser Ausbruchssehnsucht differenziert sich in *Aufstand der Fischer von St. Barbara* erstmals aus: in dem Abenteurer und Rebellen Hull, der erste Ansätze zu jenem Typus des Revolutionärs aufweist, wie Seghers ihn mehrfach in ihrem Roman *Die Gefährten* (1932) gestalten wird, und in dem jungen Fischer Andreas Bruyn, dessen Sehnsucht nach einem menschenwürdigen Leben zur Quelle seiner Kampfes- und Opferbereitschaft wird. Der freundschaftlichen Beziehung zwischen beiden Männern haftet bereits jenes Motiv der Lehrer-Schüler-Beziehung an, das in Seghers' weiterem Schaffen – denken wir zum Beispiel an Ernst Wallau und Georg Heisler im Exilroman *Das siebte Kreuz* (1942) – noch vielfältige Ausprägungen finden wird. Zweifellos kann man in dieser mehrfach variierten Konstellation die Pole einer Entwicklung sehen, die der Autorin Seghers aus eigener Erfahrung vertraut war: die Entwicklung von einer Haltung der Solidarität mit Unterdrückten, *die fühlt statt weiß, aber wissen will* (Frank Benseler) zu einer theoretisch fundierten und philosophisch ausgebauten Weltanschauung sozialistisch-kommunistischer Prägung.

Sonja Hilzinger
Oktober 1993

Literarische Spaziergänge mit Büchern und Autoren

Das Kundenmagazin der Aufbau-Verlage.
Kostenlos in Ihrer Buchhandlung

Aufbau-Verlag   Rütten & Loening   Aufbau Taschenbuch Verlag   Gustav Kiepenheuer   Der >Audio< Verlag

Oder direkt: Aufbau-Verlag, Postfach 193, 10105 Berlin
e-Mail: marketing@aufbau-verlag.de
www.aufbau-taschenbuch.de

Anna Seghers

Jans
muß sterben

Erzählung

*Mit einer Nachbemerkung von
Pierre Radvanyi und einem
Nachwort von
Christiane Zehl Romero*

89 Seiten
Leinen mit Schutzumschlag
ISBN 3-351-03499-7
Erscheint Ende September 2000

Diese frühe, bislang unbekannte Erzählung von Anna Seghers fand ihr Sohn Pierre Radvanyi jetzt zwischen anderen Papieren, die Anna Seghers im Juni 1940 in Paris zurücklassen mußte, als sie mit ihren Kindern vor der einrückenden deutschen Wehrmacht nach Südfrankreich und von dort aus nach Mexiko floh. Sie begann, wie handschriftliche Notizen belegen, im Mai 1925 daran zu arbeiten.

Das unscheinbare, engbeschriebene Typoskript, das die Autorin – aus welchen Gründen auch immer – später unbeachtet liegenließ, birgt ein meisterhaftes Stück Literatur, die Explosion eines Talentes, das sich zur bedeutendsten deutschen Erzählerin im 20. Jahrhundert entwickeln sollte. Hier ist bereits jene suggestive, gleichzeitig knappe und poetische Sprache präsent, die das Frühwerk von Anna Seghers so faszinierend macht.

Aufbau-Verlag

Anna Seghers
Das siebte Kreuz
Roman aus Hitlerdeutschland

Werkausgabe, Band I/4
Bandbearbeitung: Bernhard Spies
Mit Anmerkungen und
Kommentaren

Etwa 480 Seiten
Leinen mit Schutzumschlag,
Fadenheftung, Leseband
ISBN 3-351-03454-7
Erscheint im Oktober 2000

Sieben Gefangene sind aus dem KZ Westhofen geflohen. Sie haben die längst und eindeutig gegen sie entschiedene Machtfrage neu gestellt. Nur einem von ihnen gelingt der Ausbruch ...

Mit dem populären Muster der Fluchtgeschichte rollt der Roman die Struktur des ganzen deutschen Volkes auf und zerlegt die Motive der Mitmacher, der eingeschüchterten früheren Oppositionellen, der Funktionsträger des Regimes und derjenigen, die dem Flüchtling helfen.

Die auf 21 Bände angelegte neue Werkausgabe ist eine Leseausgabe mit sorgfältig editierten Texten, die Fehler und Verschleißerscheinungen bisheriger Ausgaben beseitigt. Die Kommentare basieren auf dem neuesten Stand der Seghers-Forschung.

Aufbau-Verlag

Anna Seghers
Transit
Roman

*Mit einem Nachwort
von Sonja Hilzinger*

*188 Seiten
Band 5153
ISBN 3-7466-5153-0*

Wenn dieser Roman zum schönsten wurde, den Anna Seghers geschrieben hat, liegt es wohl an der schrecklichen Einmaligkeit der zum Vorbild gewählten geschichtlich-politischen Situation: Marseille 1940 – was so lieblich, in unserem Sprachgebrauch fast wie ein Pfadfinderunternehmen, immer noch Frankreichfeldzug genannt wird […], scheuchte aus Paris, aus allen Teilen Frankreichs, aus Lagern, Hotels, Pensionen, Bauernhöfen ein ganzes Volk von Emigranten auf. Sie strebten alle dem einzig möglichen Ziel Marseille zu …
Heinrich Böll

Anna Seghers
Der Ausflug
der toten Mädchen
Erzählungen

*140 Seiten
Band 5171
ISBN 3-7466-5171-9*

Die berühmteste Erzählung von Anna Seghers, »Der Ausflug der toten Mädchen«, entstand wie die beiden anderen dieses Bandes im mexikanischen Exil. Auf eigentümlich schwebende Weise eine traumhafte Vision wieder, in der sich die Erzählerin als Kind während eines Schulausfluges erlebt und zugleich als erwachsene Frau in Mexiko.

»Post ins Gelobte Land«, eine stille, bewegend erzählte Geschichte, schildert das Schicksal einer jüdischen Familie bis zu ihrem Untergang, der von den Briefen des Sohnes an den Vater überdauert wird.

»Das Ende« führt das Leben einer Figur aus »Das siebte Kreuz« weiter: Zillich, der sadistische Aufseher aus dem KZ Westhofen, wird nach dem Krieg von seiner Schuld gehetzt und und in den Tod getrieben.

A^tV
Aufbau Taschenbuch Verlag

Anna Seghers
Das wirkliche Blau
Eine Geschichte aus Mexiko

*Mit einem Nachwort
von Sonja Hilzinger*

128 Seiten
Band 5152
3-7466-5152-2

Anna Seghers erzählt von Grund auf. Ihre Figuren sind mit einer Landschaft, einer Familie, einer Arbeit, mit ihrer Klasse verbunden und werden durch echte Bedürfnisse, nicht nur durch psychologische Reize stimuliert. Sie schafft ihnen, mag sie sie auch zu den ungewöhnlichen Prüfungen ausersehen haben, zunächst eine sichtbare, hörbare, riechbare Umwelt, ein Alltagsleben, von dem aus ungewöhnliche Leistungen erst ungewöhnlich, gewöhnliches Versagen um so verständlicher werden.

Christa Wolf

Anna Seghers

Hier im Volk
der kalten Herzen
Briefwechsel 1947

*Herausgegeben
von Christel Berger*

*Mit 12 Fotos
288 Seiten
Band 5172
ISBN 3-7466-5172-7*

Im April 1947 kehrte die Autorin von »Das siebte Kreuz« aus dem mexikanischen Exil nach Berlin zurück. Ihre bislang unveröffentlichte Korrespondenz aus dieser Zeit ist ein Dokument besonderer Art: In diesen Briefen wird deutlich, wie schwer es Anna Seghers fiel, wieder in Deutschland heimisch zu werden. Allein, getrennt von der Familie, ohne die Freunde, die umgekommen sind oder nun in anderen Ländern leben, leidet sie unter der Fremdheit und der Kälte, klagt über die Verwahrlosung der Menschen, schreibt vom Hunger, der »die Leute auch nicht lebhafter im Denken« macht, wünscht sich, wieder einmal lustig zu sein, zu träumen. Die Rückkehr ist keine Heimkehr, und sie ist unsicher, ob sie bleiben wird. Andererseits reflektieren die Briefe, die sie erhält und die sie schreibt – an Gisl und Egon Erwin Kisch, Nico Rost, Bruno Frei, Marieluise Fleißer, Stephan Hermlin oder an die Verleger Fritz Landshoff, Curt Weller und viele Leser – aber auch das bestätigende Gefühl, gebraucht zu werden, das sie schließlich zum Bleiben bewog.

Aufbau Taschenbuch Verlag